KB108406

유성의 궤적

유성의 궤적

발행일   2023년 3월 15일

지은이   도여름
펴낸이   손형국
펴낸곳   (주)북랩
편집인   선일영   **편집**   정두철, 배진용, 윤용민, 김부경, 김다빈
디자인   이현수, 김민하, 김영주, 안유경   **제작**   박기성, 황동현, 구성우, 배상진
마케팅   김회란, 박진관
출판등록   2004. 12. 1(제2012-000051호.)
주소   서울특별시 금천구 가산디지털 1로 168, 우림라이온스밸리 B동 B113~114호, C동 B101호
홈페이지   www.book.co.kr
전화번호   (02)2026-5777   **팩스**   (02)3159-9637

ISBN   979-11-6836-785-2 03810 (종이책)   979-11-6836-786-9 05810 (전자책)

(주)북랩 성공출판의 파트너
북랩 홈페이지와 패밀리 사이트에서 다양한 출판 솔루션을 만나 보세요!
홈페이지 book.co.kr   •   **블로그** blog.naver.com/essaybook   •   **출판문의** book@book.co.kr

---

작가 연락처 문의 ▶ ask.book.co.kr
작가 연락처는 개인정보이므로 북랩에서 알려드릴 수 없습니다.

유성의 궤적

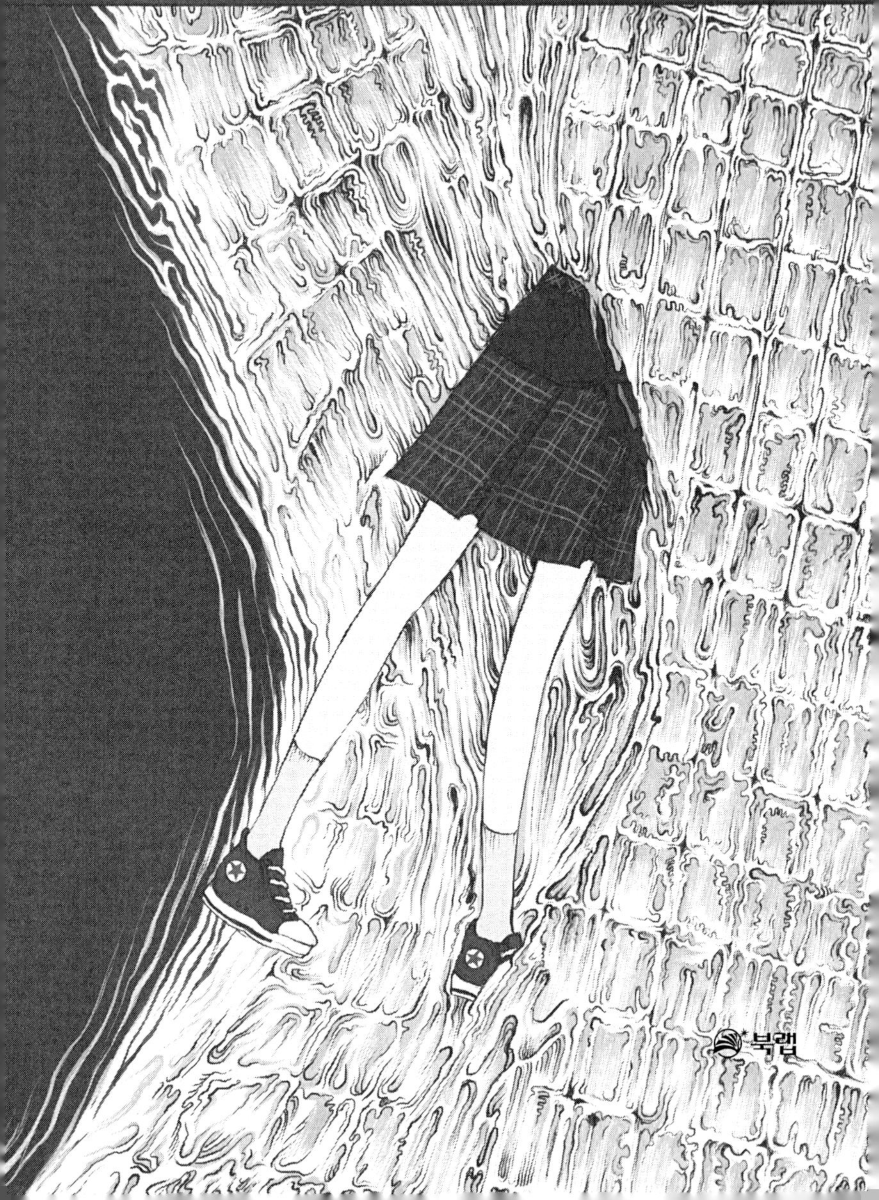

북랩

나는 아직도 너를 찾아 헤매고 있어

차례

000

매일 네가 꿈에 나온다. 나는 너를 잘 모른다.

001

도서관은 조용하다. 제2 문학 자료실의 입구에는 '정숙'이라는 단어가 빨갛고 크게 프린트된 채로 견고하게 붙어 있다. 숨소리 한 번, 필통 덜그럭 한 번으로도 크게 뜬 동그란 눈초리를 받는 곳. 책을 읽을 때 고요해야 한다는 규칙을 처음 내세운 사람은 누구일까. 피시방의 컴퓨터와 도서관의 책을 바라보는 차이점은 무엇일까. 도서관에 드나드는 이들의 소리를 막은 것은 누구일까. 양피지를 사용하던 시대부터 구별되는 어떤 기록에 대한 고귀함. 당시 천박하다 여기던 야담집野談集도 현

시대에는 귀중한 자료로 변모했다. 종이에 기록된 글자라는 것은 어찌 됐든 숭고하다는 의미일까.

대출이요.

최근 관심을 두고 살피던 작가의 책이다. 누군가는 문체가 지나치게 현대적이다, 라고 비판하지만 나름 재미있게 읽고 있던 차라 잠시 주황색 표지를 훑었다. 탁탁. 대출을 신청한 남자가 업무가 몇 초라도 지체되는 것이 심기가 불편하다는 듯 책상을 손가락으로 두드렸다. 죄송합니다, 속삭이듯 사과하고 바코드를 찍었다. 마지막으로 도난 방지 코드를 밀어 확인하고 책을 건넸다. 남자는 감사하다는 말 대신 책을 낚아채고 문을 살짝 세게 닫고 나갔다.

이래서 책을 좋아하는 이는 사서의 길을 걷지 말라고 교수님이 말씀하셨던가. 대출이나 반납 업무를 볼 때마다 눈길을 끄는 제목이나 표지가 있으면 무의식적으로 손이 굼뜨게 움직인다. 머릿속에 기억해놨다가 메모장에 적어두려는 준비 자세다. 그렇게 쌓인 책 제목만 해도 한참 스크롤을 내려야 끝이 난다. 그러나 누가 사서가 책을 읽기 좋은 직업이라고 했던가. 반납 트레이를 끌고 무릎을 굽히고 허리를 다시 세우고 책이 훼손된 곳은 없는지 검수하는 반복 작업은 끝이 나지 않는다. 그래도, 가끔 흥미로운 신간이 들어오면 몰래 예약 선반에 빼돌릴 수 있으니까. 그것으로 만족한다.

계단에 앉아 있던 태이가 발소리를 듣고 뒤를 돌아본다. 순식간에 환해지는 얼굴이 어쩐지 진돗개를 닮았다. 처음에는 셰퍼드를 닮았다고 생각했는데 이제 보니 진돗개군. 생각하며 자연스럽게 대출한 책더미를 태이에게 넘긴다.

계단 말고 벤치에서 기다리라니까요.
벤치는 너무 멀잖아요.

딱 스물여섯 걸음이에요.

태이가 어깨를 으쓱했다. 벤치와 계단 사이의 정확한 성인 여성의 평균 걸음 수를 재보는 여자에게 완전히 익숙해졌다는 제스처였다.

그냥, 유성 씨 나오는 거 스물여섯 걸음이라도 빨리 보려고.

태이가 이런 식으로 나오면 할 말이 없다. 간지러운 멘트를 받아칠 마음도 없고, 그런 것을 만들어내기엔 확실히 센스 부족이다. 대답할 타이밍을 놓쳐 딴청을 부리자 태이가 싱글싱글 웃는다. 웃지 말래도 웃을 걸 알기에 앞을 보고 걷는다.

집에 들어오자 생선찜 냄새가 훅 풍긴다. 얼마 전에 지나가는 말로 생선 요리가 먹고 싶다고 했더니 미리 만들어둔 모양이다. 뼈를 싫어하는 나를 위해 가시는 하나하나 발라내서, 너무 맵지 않게. 살점이 부서지지 않을 정도로 결은 살리고. 고마워요. 볼에 입을 맞추고 식탁에 앉자 태이가 고개를 살짝 기울인다.

왜요.
오늘은 웬일로 안 씻고 바로 먹나 싶어서.
일이 좀 남아서. 빨리 먹고 씻고 일하다 자려고요. 나는 오늘 일찍 자야 하는데, 내일 출근이 여섯 시라서요.
그럼 오히려 낫네. 둘 다 빨리 먹고 한 명은 자고 한 명은 씻으면 되겠어요.

오늘은 안아보지도 못하고 잠들겠다며 투정하던 태이가 치켜 올라간 눈썹을 발견했는지 생선찜을 식탁으로 옮겨온다. 밥도 고슬고슬하게 잘 지었네요. 손을 뻗어 태이의 앞머리를 한번 쓸어내린다. 근무 시간은 아홉 시까지지만 저녁 시간을 따로 주지 않는 탓에 매일 태이가 식사를 준비한다. 그도 바쁠 때는 편의점에서 파는 컵밥으로 끼니를 때우지만 태이는 어떻게든 '제대로 된 식사'를 준비해서 먹이고 싶은 모양이다. 가시를 모두 발라낸 생선살을 씹다가 다시 한 번 기특한 마음이 들어 태이를 보고 웃었다. 태이도 웃으며 볼록해진 내 뺨을 한 번 톡 쳤다.

　음. 뭔가 유성 씨를 보면 잘 먹이고 싶다는 생각이 들어요.
　입이 짧은 건 아는데, 그렇게 소식하는 편은 아니잖아요.
　아니, 뭔가 살집이 너무 없어서. 특히 발목이. 잘못 잡으면 부러질 것 같아요.

　순간적으로 다른 목소리가 겹쳤다. 부러질 것 같아. 젓가락질을 멈추고 다시 그 목소리를 잡아내려 애썼지만 이미 내 손을 떠난 후였다. 아는 목소리인데. 분명히 아는 목소리다. 부러질 것 같아.

부러질 것 같아. 잡아야 했던 목소리 같은데.

나 말실수했어요?
아뇨, 그런 게 아니라.
가시가 씹혀요?
목소리를 못 잡았어요.

왜, 그런 거 있잖아요. 누가 나에게 한 말이 떠
올랐는데 누구인지, 어디서 어떻게 들었는지 전혀
기억이 나지 않는 거요. 태이가 고개를 끄덕였다.
태이는 가끔 튀어나오는 맥락 없는 말들을 인내심
있게 들어주는 편이었다. 목소리에 대한 아쉬움을
지우려 생선찜을 뒤적이며 주제를 바꿨다.

새로 들어온 애들은 좀 어때요? 거기서도 두 명 뽑
는다면서요.
오히려 새로 들어온 애들이 더 나아요. 원래 있던
애들이 심기 불편하겠지만.

불안하겠네요, 특히 서영이 이번에는 꼭 데뷔해야
할 텐데.

나도 그래요. 서영이는 십 년이 넘었잖아요. 내가
입사할 때 이미 칠 년 차였으니까.

아무래도 마음이 쓰이죠.

그렇죠.

가르치는 연습생이 걱정되는지 고개를 푹 숙이
고 밥을 떠먹는 정수리를 쳐다보다가 젓가락을 놓
았다. 한 공기 깨끗하게 비우기. 클리어. 기뻐하는
태이의 표정은 덤. 설거지와 분리수거는 내일 태
이가 해놓을 테니 개수대에 얹어 놓았다. 재빨리
욕실로 들어가 샤워부스의 문을 닫고 따뜻한 물이
나올 때까지 담배를 한 대 피웠다. 오늘은 평소보
다 빠르게 씻고 컴퓨터 앞에 앉아야 한다. 트리트
먼트 따위 할 시간은 없다. 오늘 할 일은 중요하니
까. 얼마나 걸릴지도 모르겠고. 도서관 안에서 그
일을 할 수는 없었다. 오늘 바쁘기도 했고, 이건

키보드를 조용히 누르면서 할 수 있는 일이 아니
니까.

너를 찾아내는 일은.

002

야, 이게 사람 다리냐? 맞으면 부러지나 안 부러지
나 보자.

과학실이었다. 내 종아리를 향해 발길질을 해대
는 아이를 피해 인체 모형 뒤로 숨었다. 물론 이것
은 폭력이 아니었다. 우리는 소리 내어 웃고 있었
고 날아오는 발에는 힘이 하나도 실려 있지 않았
다. 아니면 내가 조금 피학적인 중학생이라서 그
런 걸까. 정신없이 걸려 오는 장난질을 피해 다니
며 야 진짜 아파, 아파! 닿게 소리를 질러댔다.

선생님이 연구실—물론 그곳에서 연구를 하진 않겠지만—에서 나와 조용히 하라고 고함을 칠 때까지 잡고 잡히는 놀이는 계속됐다. 우리는 자리에 앉아서도 웃음기를 거두지 않았다. 상기된 얼굴이 미소를 지으며 씩씩거렸다. 너는 사 번, 나는 육 번. 가장 친한 친구가 오 번이었음에도 불구하고 내가 오 번이 아닌 것에, 혹은 네가 오 번이 아닌 것에 자주 서운했다.

수업 내내 놀이의 여파가 가시지 않아 심장이 둥 둥 울렸다. 그때도 체력은 나무늘보 수준이었고 그렇게 뛰어다녔으니 몸에 무리가 왔는지도 몰랐다. 포르말린에 담근 개구리와 설치류를 멍하니 바라보며 붉어진 볼에 손등을 가져다 댔다. 개구리와 설치류는 무료하지 않을까. 어쩌면 불이 꺼지고 다음 수업을 기다리는 학생들이 다시 몰려와 불을 켤 때까지 잠깐의 대화를 나눌 수도 있다. 밤이 되고 모두가 떠난 학교에서 만담의 세계를 펼칠 수도 있겠지.

징그러운 거 좋아하냐?

턱을 괸 채로 고개를 작게 끄덕였다. 아직 고어와 그로테스크가 뭔지 잘 모르는 나이지만 그런 것을 좋아한다는 것쯤은 스스로 알 수 있었다. 아차, 대답을 해야지. 고개를 돌렸을 때는 이미 아이의 시선이 선생님을 향하고 있었다. 종이 치고 다시 장난을 걸어보려 돌아봤지만 아이는 이미 친구들과 과학실을 빠져나가고 있었다.

날씨가 좋아서 광합성을 하기로 아이들과 합의했다. 과학실에서 교실로 돌아가는 길에는 얕고 넓은 계단이 있었는데, 그곳에 누워서 햇빛을 온몸으로 받아들이는 것을 우리는 광합성이라 불렀다. 눈을 감고 교과서를 끌어안은 채 늘어져 있으면 볼품없는 내 몸뚱어리에도 뭔가가 차오르는 감각이 내리쬐었다.

쟤네들 또 저러고 있네.

야, 뭐하냐!

웃으면서 소리치는 아이의 목소리가 들렸지만 눈을 감은 채 대답하지 않았다. 벌떡 일어나 광합성을 하는 중이라고, 나는 양분을 받고 있다고 친절하게 설명하고 싶지 않았다.

나는 우리가 친하지 않다는 것을 안다.

003

새벽까지 컴퓨터를 들여다본 탓에 눈가가 벌겋게 달아올라 있었다. 태이가 얼굴을 감싸며 걱정스럽게 타박했다.

아무리 일이 많아도 그렇지, 잠은 자야죠.
어제는 정말 많았어요.

정말 많긴 했다, 김세인이라는 이름을 가진 사람은. 김세인. D여중 출신. 흐릿한 얼굴. 이 정도의 정보로는 만족할 만한 결과가 단 하나도 나오지 않았다. 김세인, D여자중학교, D여중 김세인, 휘주 D여중 김세인, 휘주 김세인, 체육대학교를 지망했다는 걸 기억해내고 체육 김세인, 체대 김세인, 체육교육학과 김세인, 검색했지만 모두 실패였다. 넣을 수 있는 모든 키워드를 넣어서 검색했다. 너는 나타나지 않는다. 포기하고 태이가 깨지 않게 조심조심 누운 게 두 시간 전이었다. 아무리 파운데이션을 덧발라도 눈가의 붉은 기는 가시지 않았다. 분명히 오지랖 넓은 정이 또 한마디 할 테지만 방법이 없었다. 여섯 시에 가봐야 한다던 태이가 아홉 시로 레슨 시간을 바꾸고 도서관까지 태워다주었다. 그 정도로 안색이 엉망인가. 창문 사이로 짧게 입을 맞춘 뒤 손을 흔들었다. 오늘은 늦어요, 먼저 자요. 네.

예상대로 자료실에 들어가자마자 정이 후다닥 달려와 얼굴을 살폈다. 이참에 아프다고 반차를 내볼까 했지만 대체인력이 없음을 깨닫고 입을 다물었다.

자기 얼굴이 왜 그래? 아파?

어제 잠을 좀 설쳤어.

애인 때문에? 아까 창문으로 다 봤어. 좋을 때다?

그런 거 아냐. 찾는 게 있어서.

뭔데, 책?

괜히 웃음이 나왔다. 맞다, 나는 책 말고는 무언가를 찾지 않는 사람이었지. 그럼에도 불구하고 너를 이렇게도 간절하게 찾는 까닭은,

동창이 꿈에 나와. 그것도 매일.

―

퇴근길이 점점 선선해지고 있다. 더위가 가시고 나면 거리의 초록草綠이 사라지고 태양 같은 색으로 물들 테다. 그래봤자 날씨는 써늘할 거면서. 이래서 가을이 싫어. 따뜻한 색으로 눈을 가리고 무

거운 옷을 입힌다니까. 차라리 여름은 솔직하기라
도 하지. 대기의 색부터가 말해주잖아. 현재 기온
은 매우 높습니다, 하고.

한바탕 신경질을 부리다가 흠칫 놀라 주위를 돌
아보았다. 물론 속으로 투덜댄 것이라 듣는 사람
은 없을 테지만 왠지 부끄러웠다. 죄송합니다. 제
가 원래 짜증을 잘 부리는 사람은 아니랍니다. 그
냥 추운 게 싫어서 그래요. 피곤하기도 하고요. 누
구에게 하고 있는지도 모를 사과를—또 속으로—
하고 나서 집으로 발걸음을 옮겼다. 계절은 공평
하니 아마 너그럽게 용서해줬을 것이 틀림없다.

왔어요?

점퍼를 벗어 던지고 쓰러지듯 태이의 품에 안겼
다. 딱히 고된 업무의 날은 아니었지만, 어제의 수
면 부족과 앉았다 일어서기—우리는 서고 정리를
그렇게 불렀다—를 반복하는 바람에 체력이 바닥

나 있었다. 태이는 예상했다는 듯이 그대로 나를
안아 올려 욕실로 향했다. 훈훈한 수증기 냄새에
눈을 떴다. 욕조에는 맵싸한 향이 나는 녹색 물이
들어차있었다.

뭐야?
많이 피곤할 것 같아서. 피로회복제.
파슬리?
맞췄네요. 파슬리 향이야.

미끄러지지 않게 몸을 끌어안은 태이가 스웨터
와 속옷을 벗겨냈다. 이 년이 지난 지금도 이 남자
의 손길은 익숙하지만 조심스럽다. 태이의 손에
몸을 지탱한 채 욕조에 몸을 담갔다. 발끝부터 열
기가 훅 퍼져 올라왔다. 어깨까지 몸을 집어넣자
가을에 긴장한 근육들이 안도의 한숨을 쉬어댔다.
잘 쉬고 나와요. 태이에게 고맙다는 뜻으로 손을
팔랑팔랑 흔들어 보였다.

태이가 문을 닫고 나갔다. 무릎을 세우고 턱 끝까지 물이 닿을 정도로 깊이 들어갔다. 파슬리, 후추 기름, 그리고… 머스크? 바닐라? 베이비파우더? 태이는 내 취향을 잘 알았다. 까슬까슬한 인간의 취향을 맞춰주는 것만큼 어려운 일도 없는데. 그렇다고 해서 생색을 내는 법도 없었다. 그저 말없이 준비해두는 사람. 나는 그 안으로 안전하게 뛰어들기만 하면 된다.

언제 욕조가 이렇게 넓어졌을까. 초록색 시야에 사람의 기척이 들어왔다. 초점이 제대로 잡히지 않았다. 애가 타서 눈물이 날 것 같았다. 지금 눈물을 흩뿌려봤자 이곳은 조금 옅은 초록색의 공간이 될 뿐이겠지. 흔들리던 잔상이 어느새 우뚝 서 있었다.

세인아.

초록 물을 가르고 세인이 뚜벅뚜벅 걸어왔다. 맞아, 나와는 다르게 항상 머뭇거림 없는 걸음을 걸어 다녔지. 세인의 얼굴이 점점 가까워질수록 눈물이 흘렀다. 초록빛이 가신 얼굴이 나를 향해 웃어보였다. 네 얼굴이 뚜렷해. 눈물의 희석? 아니, 네가 그만큼 가까이 왔기 때문이야. 이상한 일이지. 얼굴은 선명한데 인식이 되지 않아. 너도 그래? 초름한 얼굴로 서로를 마주보았다. 아까처럼 눈물이 날 만큼 애가 끓었다.

나란히 바닥에 앉아서 사탕과 제리—왠지 제—리라고 발음해야 할 것 같은 젤리—모양의 알약을 건네주는 대로 먹어치웠다. 싫어하는 식감—모든 결이 끈적끈적하게 입천장에 들러붙는—이었지만 네가 주는 것이라 닥치는 대로 입에 넣었다. 아주 시큼한 맛도 있었고, 인상을 찌푸릴 만큼 들크레한 것도 있었다. 미간을 좁힌 채 우물거리는 얼굴 앞으로 세인의 얼굴이 성큼 다가왔다. 어, 지금은, 나 아직 입 안에 사탕이, 아직 약이, 그래도 괜찮아.

유성 씨!

어깨를 억세게 잡아 흔드는 바람에 눈을 떴다.

어, 태이 씨.

미지근한 물에서 손을 꺼내 태이의 허리께를 짚었다. 많이 놀란 모양인지 태이가 욕실 바닥에 주저앉았다. 베이지색 바지가 진한 갈색으로 물들었다. 뻑뻑해서 잘 떠지지도 않는 눈을 물에 적신 손으로 마구 비볐다.

깜빡 잠들었나 봐요. 미안해요.
나는 유성 씨가 기절이라도 한 줄 알았어요. 한 시간이
지났는데도 나오지 않아서…

미안해요, 일어나요. 바지 다 젖겠다.

계속해서 뜨거운 물로 몸을 덥히고 나와야 한다고 강조하던 태이가 결국 앉은 김에 머리를 감겨주겠다며 자리를 잡았다. 머리를 젖히고 욕조 마개를 열어 초록색 물을 흘려보냈다. 태이의 말대로 몸이 조금씩 떨리는 것 같기도 했다. 손가락 끝에 힘을 주고 두피를 문지르는 손길에 절로 어깨가 풀어졌다. 누에가 막 뽑아낸 무른 실을 다루듯이 흐르는 물에 머리카락을 살살 헹구기도 했다.

그런데.
네.
무슨 꿈이라도 꿨어요?
네?
깨우기 전에 웃고 있었던 것 같아서.
파슬리.
음.

파슬리 꿈을 꿨어요.

괴벽스러운 애인의 보다 괴벽스러운 이야기를 그냥 넘기는 것도 재주였다. 그렇군요. 파슬리 꿈을 꿨군요. 파슬리가 말을 걸어왔는지, 아니면 함께 오랜 산책을 했는지 굳이 묻지 않았다. 네, 파슬리 꿈을 꿨습니다.

태이가 바지가 젖은 김에 같이 씻어야겠다고 잡아당기는 손을 적당히 뿌리치고 몸을 닦았다. 욕조에는 초록색의 무엇도 남아있지 않았다. 단지 미지근한 파슬리 향기뿐. 그것뿐?

004

해가 짧아질수록 몸은 으슬으슬해져갔다. 감기
는 아니다. 단지 뚝 떨어진 쌀쌀한 공기가 살과 뼈
사이의 공간을 파고드는 것. 아무리 두꺼운 옷을
겹겹이 입어도 찬 기운이 체온을 몰아내고 몸뚱어
리를 한랭전선으로 만들어 버리는 것. 그러니까
몸이 으슬으슬하다는 것이다. 그 으슬으슬한 몸
으로 나는 여전히 앉았다 일어서고 바코드를 찍고
숨소리를 낮추며 책을 읽었다. 이번 달부터 시작
된다던 중앙난방은 별 소용이 없었다. 제2 문학자
료실은 이름대로 이 층에 위치해 있었다. 찬 공기

는 밑으로 간다던데. 일 층의 열람실은 더 추울 텐데. 점심을 먹으러 구내식당을 가던 길에 슬쩍 들여다본 열람실은 생각보다 가열되어 있었다. 붉어진 손으로 붉은 펜으로 체크, 체크, 동그라미, 엑스. 붉은 펜을 들고 어딘가를 통과해야 하는 사람들. 그냥 폴짝, 하고 한 발짝 뛰면 그냥 통과하게 해주면 안 되는 걸까. 저렇게 치열한 공기 속에서 더 치열한 마음을 가지고. 그 정도 했으면. 그냥 한 발짝 뛰어서 통과시켜주는 건 그렇게도 어려운 일이려나.

오늘 반찬 괜찮네.

응.

그러고 보니까 어제도 나왔어? 그 동창.

그렇지.

언제부터 나온 거야?

일 년쯤 됐나.

정이 과장되게 입을 헉, 벌렸다. 씹다 만 미역줄
기볶음이 보였다. 아, 내가 좋아하는 반찬을 저런
식으로 내 시야에 들어오게 하다니.

그 정도면 무당이라도 찾아가봐야 하는 거 아니야?
악몽은 아니니까.
그래도, 뭔가 이상하잖아. 그렇게 친했어?
별로.
마지막 연락은 언제였는데? 지금은 연락도 안 된
다며.
십 년 전인가.
느낌이 와. 이건 무당한테 가봐야 해. 내가 같이 가
줄게. 가보자. 가보자.
별로.

입술을 두둑하게 내민 정이 잔반을 모았다. 나
도 정을 따라 몸을 일으켰다. 텅, 소리를 내며 뒤
집은 식판을 한 번 치자 음식물들이 잔반통으로

깨끗하게 빨려 들어갔다. 무당이라. 미신을 믿지 않는 건 아니지만 과하다. 게다가 악몽도 아니다. 그저 꿈에 등장할 뿐이다. 하루도 거르지 않고. 문득 궁금해졌다. 네 꿈에도 내가 나오고 있을까. 연락처도 모르니 물어볼 수도 없는 노릇이다. 얕은 인맥을 동원해 그 아이를 기억하는 이들을 찾아봤지만 이상하게도 모두의 기억 속에 그 아이는 존재하지 않았다. 아니, 그런 존재가 존재했었던 것 같다, 정도의 대답은 있었지만. 과장을 조금 보태서—전교생과 친밀했던 아이의 흔적이 닿지 않는다. 정말 이상하게도. 너는 모두와 스스럼없이 지냈잖아. 다들 너를 친한 친구라고 생각했잖아. 그 아이들은 다 어디로 가버린 걸까.

그런데.

응.

그 꿈을 그만 꾸고 싶은 거야? 아니면 계속 꿔도 상관없다는 쪽?

잘 모르겠어.

계속 꿈에 나와 줬으면 하는 건 아니고? 꿈은 무의
식의 반영이라잖아.

정말 잘 모르겠어. 꿈에 그 아이가 계속 나와도,
나오지 않아도 상관없다. 단지 조바심이 날 뿐이
다. 꿈속에서 걸어 다니고 소곤거리고 나에게 말
을 거는 네가 진짜인지. 가짜라도 좋다.

나는 그저 살아 움직이는 너를 찾고 싶다.

005

휴대폰을 손에 쥔 채 세 바퀴를 굴렀다. 무슨 내
용으로 최초의 문자를 보내야 최대한 긴 답장이
돌아올지 골이 다 아팠다. 스스럼없는 답장이 돌
아올 것을 안다. 하지만 나는 너처럼 그렇게 스스
럼없이 누군가를 대할 수 있는 사람은 아니다.

야 우리 내일까지 수학 수행평가 범위 알아?

기계냐. 그냥 나가 죽자. 하지만 수행평가 외에
학교 밖에서 무언가를 두고 소통할 거리는 없었

다. 우리는 친하지 않으니까. 너는 나를 친하게 생각하지 않으니까. 왜냐하면 네 주변엔 커다란 목소리를 가진 몇 겹의 아이들이 진을 치고 있으니까. 나는 그냥 놀러 온 다른 반 아이에게 의자를 뺏기지 않는 것에 만족하면서 책에 고개를 파묻는 아이니까. 네가 그런 목청 좋은 아이들을 친구로 생각하는지도 의문이다만, 그래도 가끔은. 그 사이를 뚫고 너와 교류하는 찰나의 시간을 기다리는 대기조의 자세로 등교하는 나를 알아줬으면, 아니다. 그냥 몰라줬으면. 나는 네게 아무 흥미가 없고 내 얼굴을 보고 싶을 때도 결국은 등만 보이는 아이다. 그렇게 알아줬으면.

비타민 워터 사주면 알려줌. ㅋㅋㅋ
아 사줄 테니까 뭔데 나 급해

신경질 가득한 텍스트를 보내면서도 아이가 보낸 자음 세 개처럼 키읔. 키읔. 키읔. 웃음이 키읔

새어 나온다. 잠시 후 도착한 수행평가 범위를 확
인하고 수학책을 덮었다. 수학 문제는 진작 다 풀
어놓았다.

슈퍼에서 분홍색 음료수를 계산하고 가방에 넣
었다. 두꺼운 책 외에는 음료수만 들어 있는 가방
안이 온통 분홍색이다. 가방에 맞닿아 있는 등도
분홍색. 배로 퍼져나가는 분홍색. 분홍색 다리로
언덕을 올라 분홍색 손으로 교실 문을 열었다.

야, 이거.

음료수에서 옮아온 분홍색이 들키지 않도록 통
명스럽게 팔만 쭉 뻗어 병으로 어깨를 건드렸다.
와, 진짜 사 왔네. 감사. 음료수를 받아든 아이는
다시 시끌시끌한 교실의 중심으로 가서 섰다. 그
래, 그게 네 자리지. 하품을 하고 팔을 길게 늘어
트린 채 엎드렸다. 책상 밖으로 늘어진 손가락 끝
에서 분홍색 진물이 뚝 뚝 떨어져 바닥을 적셨다.

아직 손이 짓무를 정도는 아니다. 그러니까 나는
괜찮다.

006

싸이월드가 복구됐다는 소식이 들렸다. 가장 먼저 확인해본 것은 김세인의 미니홈피 재활성화 여부였다. 기대가 무색하게도 그 아이의 아바타는 비활성화를 뜻하는 회색이었다. 아직 복구 소식을 못 들었을 수도 있다. 아이가 언제 돌아올지 모르니 어플리케이션을 배경화면에 그대로 남겨 두었다.

일상이 변하는 건 달갑지 않다. 고개를 푹 숙여 책만 읽던 중학생은 가끔 바코드를 찍고 앉았다 일어서기를 하지만 고개를 푹 숙이고 책만 읽는 성인으로 자라났다. 태이도, 정도 받아들이는 데 시간이 오래 걸렸다. 실은 받아들인 체하면서 받아들였다, 라는 생각만 받아들인 것일 수도 있다. 그런데 너는. 화면에 떠있는 일촌명을 뚫어져라 노려봤다. [유나에 미친] 김세인. 유나는 당시 김세인이 좋아하던 걸그룹의 멤버였다. 유나는 여전히 이곳저곳에 얼굴을 비추고 '유나'라고 치기만 해도 유나의 일상이 쉴 틈 없이 쏟아져 나온다. 유나는 변한 것이 없는데, 너는 사라져버렸다. 왜 너를 잘 모르는 내 꿈속으로 뛰어내린 걸까. 학창시절에 한이 맺힐 만한 짓을 저질렀나. 아무리 생각해도 기억나는 것은 까맣게 그을린 얼굴과, 체육을 잘했다는 것. 이 년 동안 같은 반이었지만 그리 친하지도 않았다는 것. 유나를 좋아했다는 것도 싸이월드가 복구된 후에 기억난 사실이다.

선명한 고등학교 시절에 비해 중학교는 안개알이 썬 듯 뿌옇기만 하다. 도서관 구석에 주저앉아서 책을 읽고 한자 선생님이 내준 깜지 숙제를 하느라 가끔 급식을 걸렀다는 기억 정도. 친했던 아이들의 이름도 드문드문 생각은 나지만 한 글자가 빠져있거나 성이 헷갈리거나 둘 중 하나다. 고등학교 동창과 만나면 온갖 이야기가 다 흘러나오는데, 그러고 보니 알고 지내는 중학교 동창도 없다. 이쯤 되면 정말 중학교를 다녔는지도 의문이다. 아니다. 얼굴이 너무 둥그렇게 나온 중학교 졸업사진을 확인하고 집에 돌아와 울음을 터뜨린 기억이 있기 때문에 의문은 없다. 그때 그 졸업앨범을 버리지 말았어야 했다. 홧김에 앨범을 쓰레기통에 처박은 열여섯의 김유성에게 고함이라도 치고 싶다. 얼굴이라도 맨정신에 제대로 봐야 할 것 아냐. 그래서 안개가 낀 거야. 네가 앨범을 버렸기 때문에 안개가 낀 거라고. 달갑지 않다. 잘 모르는 주제에 심상하던 일상을 파손한 네가 달갑지 않다. 못마땅하다. 밉다. 꿈속에서는 왜 하필 나인지 묻지 못하는 나도 밉다.

오늘도 그 동창 그리워하는 중?

정으로부터 도착한 사내 메시지가 초록불을 깜빡였다. 정은 새로운 재밌거리를 찾았다는 듯 나의 꿈 이야기와 현실의 진척 여부를 매번 물어봤다. 아니면 그냥 무당을 한번 만나보고 싶은 걸지도 모른다. 빠르게 답장을 보내고 다시 책으로 고개를 돌렸다.

그립지 않아. 그냥 찾고 싶은 것뿐이야.

—

태이에게서 오늘은 데뷔조 선정 회의가 있어서 늦어요, 전화가 왔다. 나는 얼굴도 모르는 오랜 연습생을 떠올리며 서영이 파이팅, 을 외치고 통화종료 버튼을 눌렀다. 대청소를 좀 하려고 했더니 싱크대는 광이 나다 못해 반짝거렸고 손가락으로 바닥을 쓸어봐도 묻어나오는 먼지 하나 없었다. 빨래는 곰돌이 향—태이는 곰돌이 인형이 그려진 파란색 섬유유연제를 사용하는데, 나는 그 냄새를 '곰돌이 향'이라고 불렀다—을 풍기며 옷가게 직원 만큼이나 각이 잡힌 채 포개져 있었다.

괜히 무안해진 채 책상 앞에 앉았다. 웬일로 책을 펼칠 기분이 나지 않았다. 보통 독서가 꺼려지는 때는 두 가지다. 너무 피곤할 때, 그리고 할 일이 있을 때. 지금은 후자다. 김세인이 등장한 일 년 전의 꿈으로 돌아가 되짚어봐야 했다.

시끄럽게 웅웅거리는 교실, 촌스러운 분홍색 하복 블라우스, 박음질을 한 치마 탓에 종종걸음을 치는 아이들. 흐릿하게 뭉개진 얼굴들. 그 속에서 유일하게 얼굴을 가지고 있는 너. 그 앞으로 걸어가 마주 앉은 나. 용케 부러지지 않은 담배를 꺼내서 불을 붙이려는데 라이터가 없다. 꿈은 늘 이런 식이다. 담배가 없거나, 라이터가 없거나. 결국 할 일이 없어져서 네 얼굴만 바라보고 있는 시간들. 어느새 라디오 지직거리는 소리를 내던 아이들은 사라지고 어둠이 내려앉기 시작한 교실. 자세 하나 흐트러지지 않고 서로를 바라보는 우리.

그 후의 꿈도 비슷비슷했다. 중학교나 고등학교를 배경으로 현실적이기도 비현실적이기도 한 스토리가 뚝뚝 끊기며 진행됐다. 그냥 하굣길을 걸어 내려오는 꿈, 차를 훔쳐 타고 질주하는 꿈, 함께 담배를 피우는 꿈, 아주 가끔씩 섞여드는, 입을 맞추는 꿈.

그런 꿈을 꾼 날에는 하루 종일 마음이 으슬으슬했다. 꼭 있어야 할 것이 없는 기분. 하지만 내겐 직장도, 돌아갈 곳도, 친구도, 태이도 있었다. 그러나 뭔가를 잃어버린 기분. 아니, 애초에 나에게 없었던 것이 있는 기분. 그러나 그것이 꼭 나에게 있어야만 하는 기분. 얼굴을 젖히자 관자놀이

를 타고 눈물이 흘렀다. 정말로 그립지는 않아. 단
지 찾고 싶을 뿐.

007

서영이요, 데뷔조에 들었어요.

잘됐네요. 불러서 밥이라도 한 끼 대접하고 싶네.

마음에도 없는 소리를 하며 접시를 스펀지로 문질렀다. 거의 집안일에 참여하지 않는 여자 친구와 일 년 반을 넘게 살면서 불평하지도 가사노동에 해이해지지도 않은 태이에게 미안했다. 끝까지 제가 설거지를 하겠다고 우기는 태이에게서 고무장갑을 빼앗아 든 것도 그 때문이었다. 다행히 오늘의 메뉴는 카레라이스였고 둘 다 남기지 않았기 때문에 음식물 쓰레기를 분리해야 하는 끔찍한 일은 일어나지 않았다.

그럴까요?

뜻밖의 대답에 접시를 헹구려다 말고 수도꼭지를 꼭 잡았다. 서영이. 가장 일찍 나와서 가장 늦게 귀가한다는 연습생. 몇 번이나 데뷔가 엎어지며 울고 울고 울다가도 더 안타까워하던 태이에게 다음 기회가 또 있을 거라며 위로한다던 연습생. 조금 안쓰럽고 태이가 언급할 때마다 짠한 마음이 들기도 했지만 데뷔조 입성 축하를 위해 집으로 불러 식사를 대접할 만큼 친분이 있는 사이도 아니었다. 물론 태이의 메신저 프로필 사진과 인스타그램—태이의 인스타그램에는 나와 찍은 사진과 내 독사진이 거의 모든 지분을 차지하고 있다—를 통해 내 존재를 알고 있다는 사실은 자각하고 있지만, 직접 대면한 적이 없는 사이였다. 쌤

여친 진짜 대박이다. 완전 갓. 쌤 도둑놈. 여친님
이 아까워요. 같은 댓글도 몇 번 보긴 봤지만 딱
그 정도의 관계 아닌가. 무엇보다 새로운 만남은
귀찮고 달갑지 않다.

그래요. 시간 한 번 맞춰서 봐요. 나도 궁금하네.

하지만 아주 조금, 서영이라는 연습생이 궁금하
기도 했고 그렇게 질기고 끈기 있는 인간은 도대
체 어떤 모습인지 보고 싶기도 했다. 무엇보다 태
이를 실망시키고 싶지 않았다. 최근 들어 잔업을
하겠다며 방에 틀어박히는 나에게 섭섭한 기색을
비치면서도 침대에 누우면 바로 품을 내어주는 그
런 사람이니까. 뱉어놓은 말에 책임을 져야 하기
도 하고.

이번 주에 부를까요? 데뷔조 확정난 애들은 포상
휴가거든요.

그래요.

오늘도 잔업 있어요?

도서관에 항의라도 할까요, 주먹을 불끈 쥐고
정말 시위라도 할 태세로 타오르는 태이의 얼굴을
바라봤다. 저 순진무구한 표정이라니. 애인이 갑
자기 없던 잔업을 한다고 하면 의심하는 게 우선
이거늘. 무한정 신뢰를 내비치는 태이를 위해 오
늘은 '잔업'을 하지 않기로 했다. 태이는 벙글벙글
웃으며 나를 번쩍 안아 들고 나머지 설거지는 내
가 할게요, 라며 나를 욕실 앞에 사뿐히 내려놓았
다. 잘됐군. 나는 예의상의 거절 의사도 없이 담뱃
갑에서 담배 한 대를 꺼내 들고 욕실로 들어갔다.

태이는 나를 품에 안은 채 맨정신에 나와 누워
있는 게 얼마 만인지 모르겠다며 즐거운 기색을
숨기지 않았다. 이미 두 차례의 정사가 끝난 후였
기 때문에 졸음이 몰려왔지만 애써 눈을 뜨고 품
에 안겨 있었다. 내 몸뚱어리를 끌어안고 좋아서

어쩔 줄 몰라 하는 태이의 머리를 쓰다듬었다. 굳이 잔업을 한다고 태이를 속일 필요는 없었다. 하지만 왠지 태이에게는 말할 수 없었다. 떳떳하지 못하거나 그렇게까지 비밀스럽다고 여기는 것도 아니다. 말을 하더라도 태이는 애정 가득한 투지를 불태우며 같이 알아봐 주겠다고 소매를 걸을 것이다. 하지만 태이에게는 말을 할 수 없다.

왜?
그냥.

그냥 바꿨는데. 내 짝꿍과 자리를 바꿔 앉은 세인이 내 쪽으로 엎드리며 미소를 지었다. 나도 마주 엎드렸다. 창가 옆자리는 따뜻했다. 한참 내 얼굴을 바라보던 세인이 시선을 돌렸다. 어, 이쪽으로도 버스가 다녀. 이상하네. 딱히 이상한 일은 아니었다. 대학교에 들어갈 쯤 학생들의 항의에 힘입어 학교 바로 앞까지 다니는 버스 차선이 새로

생겼다는 이야기를 들었으니까. 세인의 눈을 손바닥으로 가렸다.

저거 착시현상이야.

사실 저 버스는 진짜고 성인이 된 나도 저 버스에 탄 적이 있다는 것을 알려주고 싶었지만 입을 다물었다. 파란색 버스를 바라보다 다시 고개를 돌렸을 때 손바닥 앞은 텅 비어있었다.

상체가 튀어 오르며 잠에서 깼다. 동시에 깜짝 놀란 태이도 튀어 오르듯이 잠에서 깨어났다. 악몽 꿨어요? 초점이 흐린 눈으로 허공을 응시하는 나를 보며 태이가 걱정스러운 목소리를 냈다. 등을 쓸어주는 익숙한 손길에도 정신이 제대로 잡히지 않았다.

물 좀 가져다줄래요.

목소리가 형편없이 갈라져 있었다. 꼭 몇 시간
은 울다 지친 사람처럼. 얼굴을 쓸어봤지만 눈물
은커녕 바싹 말라있기만 했다. 태이가 가져다준
물을 마시며 다시 흠, 흠 목소리를 냈다.

깨워서 미안해요.
아니에요. 다시 잘 수 있겠어요?

고개를 끄덕이고 다시 등을 돌려 누웠다. 뒤에서
안아오는 팔이 한 치의 공간도 없이 나를 끌어당겼
다. 그 팔에 얼굴을 묻고 눈을 감았지만 심장은 계
속 쿵쾅대는 북소리를 냈다. 북을 한번 칠 때마다
가슴이 쿵, 쿵, 쓰리게 울렸다. 너와 내가 함께 있
지 않았던 시간, 그러니까 너와 같은 공간에서 지
냈을 시간의 미래, 그러나 꿈이 아니었던 실제의
시간들이 개입되기 시작했다. 현재의 상황이 꿈에
반영된 것은, 현재의 자아가 꿈에 영향을 미친 것
은 처음이었다. 나는 결국 다시 잠들지 못했다.

008

학교는 축제 분위기로 떠들썩했다. 물론 초등학교 때도 축제라는 것이 있었지만, '축제'의 이름을 표방한 학예회에서 부채춤을 추는 것과는 매우 다른 행사인 것이다. 우리 반은 일찌감치 미국 고등학교를 배경으로 한 뮤지컬 영화의 한 장면을 연출하기로 결정했다. 도입부부터 마지막까지 신나는 리듬에 여러 등장인물이 골고루 등장해서 찬성쪽에 손을 들었다.

주인공은 학교 대표 커플이었고 주연은 당연히 그 아이였다. 자연스럽게 상대역은 그 아이의 가장 친한 친구로 정해졌다. 내가 손을 들기도—투표로 정하자고 했어도 차마 손은 들지 못했겠지만—전에.

나는 속해있는 무리를 따라 치어리더 역을 맡았다. 농구 선수를 맡은 아이들과 함께 치어리딩을 하는 역할이었다. 주인공 커플과는 아무 관계가 없었다. 아니다. 주인공 커플이 춤을 추는 동안 뒤에서 폴짝폴짝 뛰며 환호해야 했다.

연습은 매주 평일, 밤까지 이어졌다. 아침에도 연습을 했다. 주인공 커플이 장난을 치고 합을 맞춰볼 때마다 고개를 돌리고 친구들과 치어리딩술로 장난을 쳤다. 시야가 자꾸 돌아가는 건 어쩔 수 없었지만. 역시나 목청 좋은 상대역도, 그 아이도 주인공 커플처럼 잘 어울렸다. 수업 시간에도 부합하다, 조화되다, 상응하다, 어우러지다 등의 단어를 생각하며 창밖을 구경했다. 목숨 걸고 피구를 하는 아이들이 보였다. 상대 반과 싸움이 벌어진 모양인지 아이들이 우르르 한 자리에 몰려들었

다. 운동장의 먼지가 높게 휘날려 배에 콕콕 들어
와 박히는 것 같았다. 결론은 그래, 나 배 아프다.

등교하자마자 대형을 맞춰 안무 연습을 하는 아
이들이 보였다. 가장 배 아픈 장면―주인공이 상
대역을 안아 들고 빙빙 도는 장면―이 곧 나오는
데도 아이는 아직 등교하지 않은 상태였다. 함께
치어리더 역을 맡은 친구가 웃더니 대신 나를 잡
아끌고 중간으로 들어가서 안아 올렸다. 아이들이
소리를 지르며 웃었다. 야, 키 큰 애들끼리 하니까
잘 어울린다. 친구가 신나서 몸을 더 빨리 회전시
켰다. 나도 친구의 목을 끌어안고 고개를 젖혀 깔
깔 웃었다.

시끄러워.

얼굴이 젖혀진 탓에 시야가 거꾸로 뒤집혔다.
여전히 친구에게 안긴 채 교실 문을 바라보자 인
상을 쓴 아이가 보였다. 원래 아침 연습은 시끄러

웠고 연습을 하지 않을 때도 이 시간의 교실은 항상 시끄러웠다. 그리고 가장 시끄럽게 떠드는 아이는 넌데. 왜 시끄럽다고 성질을 내는 거니. 아이들도 똑같은 마음인지 의아한 표정으로 아이를 바라봤다. 아이의 뒤에 서 있던 아이의 친구들이 왜 들어가지 않냐며 아이를 밀었다. 그러나 아이는 여전히 그 자리에 서서 나를 쏘아보았다. 저절로 친구의 목을 감고 있던 팔을 풀었다. 친구도 정신이 들었는지 나를 바닥에 내려주었다. 아이가 째리던 시선을 거두고 자리에 가서 앉았다. 웅성거리던 아이들도 입을 다물었다. 아이가 심기가 불편하다면, 그 친구들도 심기가 불편해지는 것이고 그렇다면 모두가 심기 불편해야 하는 것이다.

나는 자리에 앉아 책에 볼을 대고 엎드렸다. 일수유의 시간이라도 주인공이 된 기분은 근사했다. 책장이 말려 올라갈 만큼 볼이 동그래지는 커다란 미소가 절로 지어졌다. 그 상태로 기분 좋은 잠에 들 준비를 하고 있는데 문득 아이의 자리가 눈에 들어왔다. 아이는 얇은 입술을 꾹 다문 채 여전히 나를 노려보고 있었다. 간이 쫄리지 않았다면 거짓말이지만 나는 지금 기분이 좋았고 누군가의 이유 없는 성질을 받아낼 상태도 아니었다. 고개를 반대로 돌려 다시 엎드렸다.

왜 저래, 정말.

009

서영이 오기로 한 날은 반차를 냈다. 마침 구청에서 파견된 근로 장학생들이 와있는 기간이었기에 마음 편하게 쉬겠다고 말할 수 있었다. 관리부장도 최근 들어 수면 부족으로 피폐해진 내 안색이 걱정됐는지 바로 도장을 찍어주었다.

왔어요?

앞치마를 두른 태이가 국자를 들고 나를 맞았다.

맞춰볼게요. 잡채, 호박잎, 갈비. 소고기뭇국.

유성 씨 아무래도 전생에 상궁이었나 봐요.

모두 내가 '가장' 좋아하는 메뉴였다. 그런데 손님을 맞으려면 손님이 좋아하는 메뉴를 준비해야 하는 것이 아닌가.

서영… 씨도 잡채 좋아하나요?

글쎄요. 뭘 좋아하는지는 모르는데.

예의상이라도 초대하기 전에 어떤 음식을 좋아하는지는 물어봐야 하는 것 아닌가. 양식을 좋아한다거나 비건이면 어쩌려고 저렇게 잔뜩 만들었지. 이러나저러나 태이는 기분이 좋아 보였다. 콧노래를 부르며 몸을 양옆으로 움직였다. 초록색 앵두 무늬 앞치마가 펄럭거렸다. 놀려주려고 사다 준 것이었는데, 너무 고마워하며 받는 바람에 장난이라고 말할 타이밍을 놓친 그 앞치마였다. 태이는 아마 내가 으깨진 은행을 가져다줘도 감격할 것이다.

　일단 저녁 시간에 불렀으니까 많이 남았네. 좀 자고 있을래요?

　나도 도와야죠.

　유성 씨 지금 너무 피곤해 보이거든요. 그 상태로 칼 들었다가는 다쳐요.

　피곤해 보이지 않아도 다 제가 할 것이라고 말할 걸 알았지만, 태이의 말대로 나는 잠이 필요했다. 태이의 볼에 입을 맞추고 방으로 들어왔다. 화장을 지우기도 귀찮아 솜으로 대강 얼굴만 문지르고 침대에 몸을 던졌다. 등으로 쏟아지는 햇살은 따뜻했고 이불에서는 곰돌이 향이 났다. 희미하게 태이가 흥얼거리는 소리가 들려왔다. 오랜만에 꿈 없는 깊은 잠에 빠져들었다.

유성 씨, 일어나요.

눈이 붙어서 안 떼어져요.

태이가 웃으며 얼굴에 붙은 잔머리를 떼어주었다. 티셔츠에 참기름 냄새가 배어 있었다.

서영이 출발했대요. 아마 삼십 분이면 도착할 거예요.

좀 더 일찍 깨우지 그랬어요. 나도 나름 준비를 해야 하는데…

너무 곤히 자고 있길래. 오랜만에 푹 자게 내버려 뒀어요.

삼십 분이면 '완벽히' 준비를 마치기에는 너무 짧은 시간이었다. 대강 구겨진 옷만 갈아입고 화장을 고쳤다. 갑자기 궁금해졌다. 싱그러운 또래 중에서도 특히 아름다울 아이들과 하루를 보내는 아이에게는 내가 어떻게 비칠까. 키가 큰 아줌

마? 스물여덟이 아줌마라고 불리기에는 이른 나이라는 것은 알지만 열아홉에게 스물여덟이 언니라는 소리를 들을 수 있을까? 내 주변에서 가장 어린 아이는 스물다섯이었다. 음, 잘 봐줘 봐야 키가 큰 언니 정도겠다.

너무 꾸미는 것도 이상할 것 같아 집에서 자주 입는 분홍색 후드 티셔츠와 청바지를 입었다. 경쟁의식이 있는 건 아니지만, 최소한 칙칙해 보이고 싶지는 않았다. 태이를 도와—접시를 바쁘게 옮기는 태이를 따라다니는 정도—상을 차리고 있는 와중에 초인종이 울렸다.

주방장갑을 끼고 있는 태이가 문을 열기에는 복잡할 것 같아 현관으로 먼저 달려갔다. 문을 열자 찬바람과 함께 키 큰 아이가 두리번거리며 들어왔다. 서영의 첫인상은 이것이다. 초겨울 공기를 매달고 내 앞으로 불쑥 들어온 아이. 서영은 뭐라도 말할 듯 입술을 달싹이다가, 놀란 것처럼 보이다가, 내 얼굴을 보다가, 고개를 숙이고 뒷머리를 긁적거리다가 다시 눈을 맞춰왔다. 결국 견디지 못하고 먼저 정적을 깨트렸다.

안녕하세요.

안녕하세요! 저 태이 선생님 제자 한서영이에요. 유성 언니맞죠? 아니, 언니라고 불러도 되는 건가? 유성 님이라고 부를까요? 헐, 실물이 더 예뻐요. 죄송해요. 제가 말이 너무 많죠? 그래서 맨날 혼나는데. 아니, 쌤 인스타에서 많이 뵀는데, 진짜 완전 내 스타일. 저 말 지금 너무 많아요? 그렇게 많진 않죠? 헐, 춥죠 언니. 문 닫을게요. 근데 언니라고 해도 돼요?

내가 말문을 트자마자 서영의 입에서 엄청난 문장들이 쏟아졌다. 요즘… 아이들은 다 이렇게 말이 많은 건가. 노친네 같은 생각을 하며 애매하게 웃어보였다.

언니라고 해도 돼요. 반가워요, 김유성이에요. 추
울 텐데

얼른 들어와요.

대박, 쌤! 언니가 언니라고 해도 된대요! 들으셨어
요?

우리 유성 씨 괴롭히지 말고 얼른 들어와, 자식아.

어느새 현관으로 나온 태이가 어깨를 감싸며 환
히 웃었다. 서영은 키가 컸다. 나도 항상 반에서
가장 큰 아이들 중 하나였는데, 서영은 눈을 맞추
려면 살짝 고개를 들어야 할 정도였다.

키가 크네요.

헐, 이 정도면 큰 거 아니에요. 저 딱 평균이에요.
저보다 큰 애들 엄청 많은데.

하긴, 도서관에 들락거리는 고등학생들을 보면
예전보다 평균 키가 커진 것 같긴 했다. 남학생들

은 그렇게 크지 않은데, 여학생이 유독 키가 큰 아
이들이 많았다. 우리 때보다 잘 먹고 의학 기술이
발달해서 그런 건가. 그래도 그래봤자 십 년 차이
인데. 정말 이런 생각을 하고 있다는 것 자체가 나
이를 먹었다는 증거군. 정이 들으면 이십 대가 얼
마나 나이를 먹으면 먹었냐면서 구박하겠지만.

밥부터 먹자.
헐, 저 식단 해야 하는데 오늘만 먹을래요. 잡채 윤
기 미쳤다.

내가 태이와 나란히 앉고, 서영이 내 맞은편에 앉
았다. 앉을 때 다리를 흔들거리는 게 습관인지 가
끔 종아리가 스쳤다. 복스럽게 잘 먹는구나. 예쁘
다. 데뷔 초의—김세인이 좋아하던—유나를 닮은
것 같기도 했다. 긴 생머리를 질끈 묶고 화장기 없
는 얼굴로 입을 크게 벌리고 밥을 먹어도 예뻤다.

저 한 그릇 더 먹어도 돼요? 아, 나 내일 러닝 다섯 시간 뛰어야겠다. 근데 너무 맛있어요.

태이가 웃으며 밥을 가지러 간 사이에 서영이 양손으로 턱을 괴고 나를 빤히 바라봤다.

저 너무 말 많아서 정신없죠.
아니에요. 내가 말주변이 없어서…

맞는 말이었다. 조그만 소음도 허용되지 않는 도서관, 조용조용한 태이와의 시간이 일상의 전부인 나에게는 이런 수다가 어질어질했다. 말이 너무 많다고—속으로만—생각하는 정도 이 정도는 아니었다. 하지만 기분 나쁜 현기증은 아니었다. 정신없지만 듣고 있으면 기분이 좋아지는 정도라고 할까.

언니, 언니 제가 처음 보는 거라서 엄청 떨려서 말

을 잘 못 하고 있긴 한데, 언니 주려고 선물 가져왔
어요. 아까 보자마자 드리고 싶었는데 너무 긴장해
서…

서영이 자기 몸집보다 커다란 백팩에서 조심스
럽게 쇼핑백을 꺼냈다. 단 향이 훅 끼쳤다. 보라색
꽃다발과 작은 보라색 상자.

라일락이에요. 라일락 향수랑요. 제가 제일 좋아하
는 꽃인데… 좋아하실지는 모르겠는데, 너무 제가
좋아하는 꽃만 생각하고 준비한 것 같아서 좀 죄송
하긴 한데요, 그래도 이거 향 진짜 좋거든요, 찬물
에 넣으면 일주일은 싱싱해요. 아니, 꽃을 좋아하
시냐고 여쭤봤어야 했는데… 그, 기회가 없어서요.
향수는 제가 쓰는 거랑 같은 건데 아, 나 미쳤다.
너무 내 취향만 생각했다. 그…
꽃 좋아해요. 라일락도 좋아하고요. 고마워요. 선
물은 생각지도 못했는데… 다음에 제대로 밥 한 끼

사줄게요.

아이의 입을 빈말로 막았다. 꽃다발을 건네받아 숨을 깊게 들이마셨다. 사실 라일락의 향을 제대로 맡아보는 것은 이번이 처음이다. 왠지 라일락을 잘 모른다고 하면 안 될 것 같았다. 그런데 보컬 선생님의 여자 친구에게 이렇게 과한 선물을 해도 되나. 원래 사람을 좋아하는 아이라 그런가. 아니면 데뷔조에 들어갈 때 태이가 많이 밀어준 건가. 그럼 태이의 선물을 사왔어야 하지 않나. 저 커다란 가방에 태이의 선물도 있는 건가. 라일락의 향은 상상하던 것보다 더 좋았다. 어느새 밥을 한 공기 더 가져온 태이가 옆에 앉아 함께 라일락의 향을 맡았다.

뭐야, 내 선물은?

쌤 거는 없는데요.

이 배은망덕한 놈이. 음치에서 가수로 만들어 줬더

니 배신당했네.

서영이 태이에게 혀를 내밀었다. 태이가 어이없
다는 듯이 웃음을 터뜨렸다. 오랜 시간 함께 시간
을 보낸 사람들 특유의 편안함이 느껴졌다.

언니, 마음에 들어요?
마음에 들죠, 그럼. 너무 좋아요. 잘 쓸게요.
다행이다. 나는 언니한테만 잘 보이면 돼요.

서영이 밥을 우물거리며 씩 웃었다. 태이가 서영
의 이마를 약하게 튕겼다. 일어나서 냉동실에서 얼
음을 꺼내 얼음물을 만들고 꽃병에 라일락과 함께
담았다. 흠, 하고 다시 깊게 숨을 들이쉬자 달큼한
향이 훅 들어왔다. 다시 한번 서영을 보며 고마워
요, 하자 내 움직임을 다 지켜보고 있었던 듯 흠칫
한 서영이 잡채를 꿀꺽 삼키고 다시 웃어보였다.
식사가 끝나고 거실로 자리를 옮겼다. 나름대로

뭔가 보여줘야 할 것 같아 과일을 깎으려고 했으나 감자칼을 꺼내든 손을 태이가 저지하는 바람에 서영과 둘이 거실에 앉아있었다.

언니, 언니 도서관 사서라면서요. 진짜 짱 멋있어요. 저는 초딩 때부터 연습만 해가지고요. 책은 진짜 안 읽었거든요. 언니랑 완전 잘 어울려요. 어디 도서관인지 물어봐도 돼요?

신현구립 도서관이에요.

헐, 언니! 저 신현구 살아요! 도서관도 가까워요! 도서관 가도 돼요? 아니, 언니 방해할 건 아니고요, 언니, 언니 제가 가서 밥 사드릴게요! 언니 뭐 좋아하세요? 저 신현구 토박이예요. 저 책도 읽으러 가도 돼요?

도서관은 항상 모두에게 열려 있죠. 언제든지 와요.

언니, 언니 막 점심시간도 있어요? 퇴근은 도서관 문 닫을 때? 저 진짜 언니 또 만나러 가도 돼요? 막 맨날 가도 돼요?

되죠. 퇴근은 아홉 시에 하고, 점심시간은 한 시부터 두 시까지예요.

언니, 언니 번호 물어봐도 돼요? 문자도 해도 돼요?

와, 정신없어. 얼떨결에 휴대폰을 건네주었다. 서영이 제 폰으로 전화를 걸어보더니 번호를 확인하고 휴대폰을 돌려줬다.

언니, 가장 좋아하는 색이 뭐예요?

초록색이요, 왜요?

서영이 싱글싱글 웃으면서 제 휴대폰의 화면을 보여줬다. '유성 언니' 뒤에 초록색 하트 하나가 달려 있었다. 내 휴대폰을 확인해보니 역시나 제 이름 뒤에 보라색 하트를 붙여놓았다. 아, 요즘 아이들은 다 이렇게 하트를 붙이는구나. 태이가 토끼 모양 사과를 들고 나타났다. 아까 감자칼을 꺼냈던 게 부끄러울 정도로 정갈한 토끼들이 줄을 맞쳐 서 있었다.

언니, 언니 저랑 셀카 찍어주면 안 돼요?

유성 씨랑 많이 친해졌네. 그리 좋냐.

좋죠. 맨날 사진만 천번만번 보다가 실제로 보니까

너무너무 좋죠.

아직 친해진 건 아닌 것 같은데… 반응을 어떻게 해야 할지 고민하는 동안 사과 토끼를 집어 든 유성이 휴대폰을 들이밀었다. 갑자기 나타난 카메라 화면에 나도 모르게 활짝 웃고 말았다. 잠깐, 얼굴 크기 차이가 너무 나는 것 같은데…

언니, 사진 어때요? 전 너무 마음에 드는데. 언니 웃는 거 진짜 예쁘다. 언니도 우리 회사였으면 좋겠다. 맨날 볼 수 있게.

우리 유성 씨 버릇이야. 카메라만 들이대면 무조건 확 웃어. 예쁘지.

와, 태이 쌤이 수업 시간에 언니 이야기 진짜 많이 하는 거 알아요? 맨날 우리 유성 씨, 우리 유성 씨 하면서 자랑해요. 태이 쌤 수업 듣는 애들은 다 언니 알걸요.

태이 씨, 그러지 마요.

왜요, 자랑하고 싶어서 자랑하는 건데.

저도 이제부터 자랑할래요.

뭘 자랑해, 넌 임마.

그런 게 있어요. 태이 쌤은 몰라도 돼요.

둘의 수다를 들으며 사과를 조금씩 앞니로 갉아 먹었다. 서영을 상대할 체력이 모두 떨어졌다. 나도 고등학교 시절엔 이렇게 사람의 혼을 쏙 빼놓을 정도로 활발했던가. 이 정도는 아니었던 것 같은데. 그래도 자꾸 고개를 이쪽으로 돌리며 환히 웃는 서영을 무시할 수 없어 마주보고 미소를 지어주었다.

정신없죠.

네, 조금.

한바탕 폭풍이 휩쓸고 간 것 같았다. 태이와 설거지를—도와주겠다고 아득바득 우겨 접시를 헹구는 역할을 맡았다—하며 서영에 대한 이야기를 했다.

애가 고생은 많이 했는데 그래도 밝아요. 말은 좀 많지만…

친구도 많고.

붙임성이 좋더라고요.

다른 친구들한테 저 정도는 아닌데. 유성 씨가 정말 마음에 들었나 봐요.

질투해요?

조금.

서영 씨 눈에는 그냥 이모일걸요.

마지막 접시를 헹구고 담배를 피우러 잠시 밖으로 나왔다. 난간에 기대서 연기를 내뱉던 태이가 불쑥 물어왔다.

　　근데, 세인이가 누구예요?

010

세인은 전에 없이 다정했다. 다정한 성격이 아닌 걸 알고 있는데도 다정했다. 의자 더미를 옮겨 주고, 선생님이 내게 시킨 일을 세인이 대신 하는 동안 나는 교탁에 앉아서 다리를 흔들었다. 빗자루를 집어넣던 세인의 뒤통수가 느닷없이 말했다.

네가 좋아.
세인아, 나는 너를 잊게 돼.
알아.

안다고?

우리는 고등학교 입학 후에 연락이 끊겨. 나는 너를 잊고 살다가 언젠가부터 네가 꿈에 나오기 시작해. 하지만 너는 나를 잊었어. 맞지?
그게 우리의 미래야?
그래, 그게 우리의 미래야.
하지만 정작 나는 네가 좋다고 한 적은 없었어. 그러면 이게 미래가 되는 것 아냐?

말문이 막혔다. 이거 꿈이구나, 라고 생각이 들자 습관처럼 주변에 있는 물건을 문질렀다. 꿈에서 지금이 꿈에 갇혀 있는 건지 알아보기 위한 일이었다. 얼마나 그 촉감이 진짜 같은지 확인하면 꿈인지 현실인지 대강이라도 알 수 있다. 하지만 지금 느껴지는 나무의 결은… 나도 모르게 말이 튀어나왔다.

이번엔 이 꿈을 기억해줘.

—

현실이 꿈에 반영될수록 꿈속의 내 행동도 이상스러워지고 있었다. 김세인에게 꿈을 기억하라니. 이건 내 꿈인데. 너는 등장인물일 뿐이고.

오늘도 김세인의 흔적을 찾는 일로 하루를 시작했다. 동창이 알려준 다른 동창들에게도 문자를 돌렸다. 인스타그램에 '세인', '김세인'을 수십 번 검색 후 수확이 없음을 확인하고 나서야 출근길에 나섰다. 식탁 위에 태이의 토스트와 쪽지가 있었지만 아침을 먹을 시간이 없었다. 쪽지에는 '오늘은 새벽 연습반 수업이에요. 아침 꼭 챙겨먹고 나가요! 사랑해요.'라고 적혀 있었다. 쪽지를 대강 접어 주머니에 넣었다. 미안해요, 태이 씨. 지각하면 혼나요.

오늘은 유난히 도서관에 사람이 많았다. 주말

이라 그런지 문제집을 싸들고 나온 학생들, 아이패드와 프린트물을 가지고 나온 대학생들, 제대로 자리를 잡고 앉아 철학서를 읽는 중년 남성, 모두 상관없다는 듯이 소설에 푹 빠진 사람들까지. 사람이 많아 공기는 탁했지만 훈기가 느껴져 춥지 않았다. 이용자 간의 소음 발생 때문에 주의를 줘야 하는 일이 많아서 신경이 곤두섰다. 좋아하는 책을 가져왔지만 도무지 페이지가 넘어가지 않았다. 마침 휴대폰에 문자 표시가 떴다.

언니, 점심시간에 점심 같이 먹을래요? 저 도서관 앞에 쫙 꿰고 있어요.

메시지와 함께 온 기린 이모티콘이 서영을 닮은 것 같아 귀여워서 웃음이 났다. 도서관에 들르라는 말은 사실 빈말이었지만, 시간을 내서 온다는데 거절하기도 애매한 것 같아 그래요, 하고 답장을 보냈다. 오늘은 정의 수다 대신 서영의 수다에

시달리겠군.

언니!

도서관 벤치에 앉아있던 길쭉한 인영이 일어서서 팔짝팔짝 뛰었다. 떡볶이 코트와 헐렁한 청바지를 입은 서영이었다.

원래 첫 데이트는 꾸미고 오는 거 아니라고 해서요.

뭐라 대답해야 할지 몰라 우물거리는 나를 서영이 잡아끌었다. 언니, 면이 좋아요, 밥이 좋아요? 매콤한 게 좋아요, 느끼한 게 좋아요? 국물이…

숨이 넘어갈 것처럼 질문을 해대던 서영의 말을 끊고 서영 씨 가고 싶은 대로 가요, 하자 서영은 열여섯 가지의 선택지가 있는데… 하면서도 작은 덮밥집으로 나를 이끌었다.

언니는 연어 좋아하는구나. 저도 연어 좋아해요. 그런데 저는 연어만 먹어야 해요. 밥은 딱 한 숟가락만.

회사에서 살 빼라고 하는 거예요?

지금 몸무게가 괜찮아서 빼라고는 안 하는데요, 그래도 더 빼면 좋아해요.

잠시 얼이 빠져서 서영의 앙상한 손목을 내려다봤다. 지금 몸무게가 괜찮다고? 열아홉이면 아직 다 자라지도 않았는데, 더 마르면 좋아한다고? 요즘 연예계의 생태가 이렇게까지 황폐화된 건가. 연예인도 아닌 내가 이런저런 말을 얹는 게 실례일 것 같아서 입은 다물었지만, 한창 젖살이 올라 있어야 할 나이의 서영의 볼이 살짝 패인 것을 보고 안쓰러운 마음이 들었다.

두 숟가락 먹어요.

네?

더 빠지면 아파요, 두 숟가락 먹어요.

그럴게요. 서영이 함박웃음을 지으며 연어를 집었다. 옅은 화장기로도 가려지지 않는 앳된 피부가 보였다. 열아홉의 피부, 부럽다.

근데요, 언니.
네.
제가 아프면 싫어요?
아픈 건 싫죠.
와, 그럼 세 숟가락 먹을게요. 그런데 태이 쌤 무슨 일 있어요? 오늘 안색이 구리던데.

어제 태이가 김세인의 이름을 입에 담았을 때, 나도 모르게 얼어붙었다. 어디서부터 설명을 해야 할까. 입이 쉬이 떨어지지 않아 망설이는데, 태이는 그걸 유죄의 신호로 알아들었는지 그답지 않게 얼굴을 굳히고 추궁을 하기 시작했다.

그런 게 아니에요.

잠꼬대로 다른 사람 이름을 불렀는데, 그런 게 아니에요?

동창이에요! 중학교 동창.

원래 중학교 동창 이름을 그렇게 막 잠꼬대로 불러요?

동창이 꿈에 나와서 부를 수도 있죠. 내가 뭐라고 했는데요?

그냥 세인아, 라고 몇 번 불렀어요.

그게 뭐가 문제에요?

유성 씨.

씩씩거리던 태이가 한숨을 쉬더니 얼굴을 감쌌다. 냉한 바람이 상기된 볼을 마구 강타했다. 더이상 말을 섞고 싶지 않아 몸을 돌리려는데, 태이가 소리를 질렀다.

일 년이 넘게 그러고 있잖아요! 우리가 함께한 시간의 거의 절반 정도라고요. 아무리 동창이라고 해도, 동창이라고 해도… 너무하지 않아요? 처음에는 그냥 친구 이름인가보다, 하고 참았어요. 그게 며칠이 되고 몇 주가 되고…

말하지 그랬어요.

무서웠어요! 물어보면 유성 씨가 말해줄까 확신이 서지도 않았고, 또 말했다가 정말로 세인이라는 사람이 따로 있어서 나를 떠날까 봐 무서웠다고요!

무슨 말이 그래요.

유성 씨는 그럴 것 같으니까! 언제든 떠날 것 같다고요! 다른 사람이 있냐고 물어보면 태연하게 네, 하고 대답할 것 같은…

이번엔 내 손바닥이 태이의 볼을 강타했다. 나는 떳떳했다. 태이와 만나는 동안 다른 사람에게 눈길을 준 적도, 뒤에서 몰래 만난 적도 없었다. 태이가 정신이 들었는지 볼을 부여잡고 횡설수설

하기 시작했다.

　아니, 유성 씨. 내가 그렇게 유성 씨에게 믿음이
없다는 게 아니라, 아니, 그렇게 말하려던 게 아니
었어요. 정말이에요. 내가 잠깐 미쳤었나 봐요. 유
성 씨.
　그만 이야기해요.

　울먹거리는 태이를 그대로 남겨두고 집으로 들
어왔다. 문이 탕, 하고 닫히는 소리가 평소보다 크
게 들렸다. 태이와 다툰 건 이번이 처음이었다. 근
데 이유가 잘 알지도 못하는 김세인이라고. 내가
너를 계속 부르고 있어서 이렇게 된 거라고. 바깥
에서 차마 들어오지 못하고 훌쩍거리는 소리가 들
리는 것만 같았다. 현관에 등을 대고 쪼그려 앉았
다. 지금이라도 태이를 들어오게 하고 모든 이야
기를 털어놓을까. 큰 문제는 아니잖아. 해명할 수
있는 문제잖아. 그 와중에 태이가 문을 열고 들어

오는 바람에 문에 밀려 앞으로 넘어졌다. 웃긴 자세로 넘어져 있자니 낯부끄러워서 얼른 몸을 일으켰다. 미안하다며 잡아주려는 태이의 옷깃을 잡고 소파에 끌어다 앉혔다.

중학교 동창이에요.

네?

중학교 동창이 일 년 전부터 계속 꿈에 나와요. 잘 모르는 동창이에요.

왜 말하지 않았어요?

별거 아니라고 생각했으니까요. 그런데 정말이에요. 원한다면 졸업생 명부를…

아뇨, 믿어요. 유성 씨 믿어요. 아까 한 말은 진심이 아니에요.

고마워요.

많이 친한 친구였나 봐요.

그때도 친하진 않았어요.

그런데 왜 계속 꿈에 나올까요. 그것도 조금 질투

가 나네요.

아, 유성 씨 여중이라고 했었지.

네. 여중, 여고.

그럼 다행이네요. 질투는 안 해도 돼서.

역시 편견이 지켜주는 오오 아름다운 우리네 강산. 꿈의 내용을 줄줄 읊어준다면 태이는 놀라 자빠질 거다. 사실 태이가 나를 백 퍼센트 믿지 않는다는 것은 알고 있다. 아마 세인이 내 주변에 존재하는 남자의 이름인지 계속 의심하겠지. 입 밖에 꺼내진 않겠지만. 미안하다고 연거푸 말하고 다시 담배를 피우러 나가는 것을 보면 알 수 있다. 저 남자가 불안해하고 있다는 것을. 하지만 내가 정말로 바람을 피우는 것은 아니잖아. 네가 정말 떳떳하다고 말할 수 있어? 속에서 들려오는 소리는 그냥 무시했다.

아, 그리고 내가 김세인을 찾고 있다는 말은 끝까지 하지 않았다.

언니?

네, 아뇨. 조금 다퉜는데 화해했어요.

와, 둘이 싸우기도 하는구나.

이상해요? 사실 처음 다투긴 했어요.

태이 쌤이 언니 이야기할 때는 진짜 엄청 웃거든요.
막 자랑도 하고, 우리 유성 씨, 우리 유성 씨. 하도
염불을 외워서 애들도 다 우리 유성 씨라고 해요.

부끄럽네요.

그래서 저도 엄청 궁금했어요. 우리 유성 씨가.

직접 보니까 어때요?

좋아요.

서영이 무엇을 더 말하려는 듯 입술을 달싹이다
곧 다물었다. 그동안 의지할 사람이 많이 없었나.
타지에서 올라왔다고 했지. 외로워서 이렇게나 사
람을 많이 좋아하는지도 모르겠다. 또 안쓰러운
마음이 들어 서영의 그릇에 연어를 두 점 더 얹어
주었다. 서영이 언니는 많이 먹어야 해요, 언니 먹

어요. 하면서 다시 옮겨주는 것을 막고 옥신각신하다가 결국 사이좋게 한 점씩 나눠 먹었다. 서영이 화장실에 간 사이에 재빠르게 계산을 했다. 서영이 내가 사주려고 했는데, 하며 울상을 지었다.

손을 좌우로 크게 흔들며 뒷걸음질 치는 서영을 바라보고 있다가 점심시간이 더 길었다면 커피라도 사주는 건데, 혼잣말을 했다. 말이 많은 사람을 피하는 편인데, 이상하게도 서영은 보면 볼수록 마음이 갔다. 두 번밖에 보지 못했지만. 사람이 좋아 어쩔 줄 몰라 하는 모습이 귀엽고, 안타까웠다. 소속사에서 텃세라도 당하는 걸까. 가끔 이렇게 밥을 사주고 이야기를 들어주는 사람이 한 명 더 생겨났다면 좋은 거겠지. 다시 문학 자료실로 들어갔다. 오늘은 앉았다 일어서기가 많은 날이다.

에

친구와 그림을 그리며 놀고 있었다. 미술 선생
님이 내준 숙제였다. 짝꿍의 초상화 그리기. 우리
는 서로의 얼굴을 웃기게 낙서하며 낄낄댔다. 중
학교의 쉬는 시간은 따분할 틈이 없다. 아직 사회
의 쳇바퀴에 들어가지 않은 아이들은 학교의 쳇바
퀴를 탈피하는 시간이 그렇게 좋을 수가 없다. 에
어컨이 고장 나는 게 세상이 무너지는 일이고, 누
군가 등을 탁 치기만 해도 와하하 웃음이 나오는,
아직은 그럴 때.

야, 나도 그려.

고개를 들었다. 아이가 심기 불편한 얼굴로 내 앞자리에 앉아 있었다. 그날의 아침 연습 후 늘 이 모양이었다. 본체만체하는 것은 일상이요, 축제 당일은 머리를 양갈래로 묶은 내가 못생겼다며 머리가 그게 대체 뭐냐고 인상을 찌푸렸다. 그런데 갑자기 제 얼굴을 그리라니. 그것도 '그려줘'가 아닌 '그려.'

입씨름하는 시간도 아까워 공책에 대강 사람 얼굴 같은 것을 그려 찢어주었다. 더 크게 그려줘. 오기가 생긴 나는 공책 한 페이지를 다 차지하게 아이의 뾰족한 얼굴과 동그란 머리, 그을린 얼굴을 그려주었다.

이게 뭐야, 사람 얼굴이 아니라 아이스크림콘이잖아.

이상하게 그 말에 웃음이 났다. 소리죽여 웃다가 결국 크게 웃음을 터뜨렸다. 아이도 화를 내고 있었지만 피식피식 웃고 있었다. 아이스크림, 아이스크림콘이래. 아! 웃음이 멈추지 않아서 배가 쑤셔왔다. 아이는 내 웃음이 멎을라치면 계속해서 아이스크림콘, 하고 중얼거렸고 갑자기 인상을 찌푸렸다.

그런데 쟤는 왜 정성 들여서 그리고 나는 아이스크림콘이야?

나는 다시 자지러졌고 아이는 뭐가 웃기냐며 내 머리통을 잡고 흔들었다. 다시 보니 정말 아이스크림콘을 닮은 것 같기도 했다. 아이스크림 먹을래, 아이가 물었고 나는 고개를 끄덕이며 자리에서 일어났다.

둘 다 콘으로 된 아이스크림을 골랐고 아이가 지갑을 빠트리고 오는 바람에 돈은 내가 냈다. 불

공평해, 비싼 거 골라놓고 지갑은 안 가져오고. 일부러 그랬지? 아이가 딴청을 피우다가 어, 종 친다. 뛰어! 하고 잽싸게 뛰기 시작했다. 수업 시간을 끝나는 종소리가 들리고 있었다. 나는 아이스크림을 크게 한 입씩 베어 물며 뛰었다. 우리 반달리기 일 등인 아이와 꼴등인 나는 금세 거리가 멀어졌다. 아이가 안 기다려준다, 하면서도 속도를 늦추는 게 보였다. 사방에서 온통 종소리가 들렸다. 물론 수업 종소리가.

방과 후, 나는 그 아이의 얼굴로 도배된 종이를 선물했다. 웃는 아이스크림콘, 우는 아이스크림콘, 눈이 째진 아이스크림콘, 화를 내는 아이스크림콘… 아이는 내가 언제 이렇게 생겼어, 하고 화를 냈지만 교실을 나갈 때 아이는 종이를 조심히 파일에 끼워 넣고 있었다.

012

잠깐 졸다가 눈을 떠보니 도서관이 텅 비어 있었다. 분명 아까까지만 해도 사람이 꽉꽉 들어차 있었는데. 다들 어디로 간 거지. 정도 사라졌다. 도서관의 공기가 묘하게 파란색으로 물들어 있었다. 시야가 파랗지는 않지만, 뭔가 따뜻함의 정도가 마이너스 십오 정도 된 듯한 채도의 공기가…

일어나서 책장 사이를 걸어갔다. 책장들은 텅 비어 있었다. 끝나지 않는 책장 사이를 걷는 동안, 나는 점점 어려졌다. 긴 파마머리의 대학생이 되었다가, 머리를 틀어 올린 고등학생이 되었다가,

세인의 앞에 도달했을 때는 단발머리의 중학생이
되어 있었다.

  안녕.
  지금 수업 시간인데.
  나는 알지, 네가 수업 시간에 가끔 도서관에 몰래
  와서 책을 읽는 것.

  어떻게 알았지, 선생님께 이르려나. 아니면 비
타민 워터를 열 병 사달라고 하려나. 공부를 꽤나
해서 전교권에 들어갔던 성적은 이 학년이 되고
곤두박질쳤다. 엇나간 것도, 반항하고 싶은 것도
아니었다. 공부에 흥미를 잃은 것뿐이다. 가끔 수
업 시간에 창문만 바라보는 것도, 화장실을 가겠
다고 거짓말을 하고 도서관으로 달려가는 것도 그
이유다. 단지 지루해서.

  선물이야.

세인이 건넨 것은 얇은 책 한 권이었다. 직접 만들었는지 시중에 파는 책들보다는 조악했다—살펴보니 스테이플러로 겉표지와 책등을 분리하려고 노력한 흔적이 있었다.

내 소개랑, 내가 너를 좋아하는 이유.
우린 같은 반이잖아. 네 소개는 왜?
너는 나를 잘 모르니까.

세인은 다시 가버렸다. 사라졌다. 이번엔 기억해달라는 말을 할 틈도 없었다. 나는 할 수 없이 책장에 등을 기대고 표지를 펼쳤다.

김유성!

정이 속삭이며 내 등을 내리쳤다. 책을 읽던 사람들이 이쪽을 슬쩍 보고 다시 고개를 돌렸다. 아,

김세인이 준 책을 보지 못했다. 정에게 소리를 지르고 싶었으나 일자리를 잃을 수는 없었기에 대신 정을 끌고 로비로 나왔다.

정, 너 때문에 책을 못 봤잖아.

너 엎드려 자고 있었잖아! 뭐야? 어디 아파? 나 너 조는 거 처음 봐.

아니, 그 애가 책을 줬는데 한 페이지도 읽지 못했다고!

무슨 소리야, 너 미쳤어?

사고가 빠르게 현실로 돌아왔다. 아, 나 정말 미쳤나 보다. 앓는 소리를 하며 벽에 등을 세게 박았다.

꿈에 나온다던 그 동창. 걔가 꿈에서 책을 줬는데 못 읽었어.

…야, 너 병원 가봐.

나 미친 것 같아?

일단 대놓고 엎드려 자고 있었다는 게 가장 미친 것 같아.

그치.

무당한테 가보자니까. 뭐 씌인 거 아냐?

일단 다시 들어가자. 근무 시간이잖아.

그래, 근무 시간에 잠이나 자고 잘하는 짓이다.

소리를 죽인 채 살금살금 다시 들어갔다. 근로 장학생이 무슨 일인지 궁금하다는 듯 우리를 흘끔 거렸지만 조용히 희망도서 신청 카테고리의 도서들을 점검했다. 몇 페이지라도 읽어봤어야 했는데. 그럼 조금 더 알 수 있을 텐데. 무엇을? 어느 부분을 더 읽고 싶었는데? 소개? 아니면 좋아하는 이유? 모르겠어. 거짓말쟁이, 난 다 알지. 몰라, 몰라도 돼, 그딴 것. 사용자들이 신청한 희망도서 중 절판된 책을 제외하고 목록을 작성했다. 노을이 도서관을 붉게 물들였다. 파란 공기는 사라졌다.

아까처럼 책장 사이를 걸어갔다. 끝나지 않는 길은 끝났고 김세인은 그 어느 곳에도 없었다.

—

언니!

서영은 도서관에 생각보다 성실하게 출석 도장을 찍었다. 데뷔조라는데 도서관에 들를 시간이 있나 싶지만, 서영은 꼭 며칠에 한 번씩은 점심시간, 혹은 퇴근 시간에 맞춰 도서관 벤치에 앉아 있었다. 정이 '네 새로운 친구' 때문에 혼자 점심을 먹는 날이 늘어났다고 투정하는 것은 덤. 태이가 서영이 퇴근시간에 들르는 날은—배려 차원인지—데리러 오지 않는 것도 덤.

오늘은 연습을 끝내고 바로 달려왔는지 트레이닝복 차림이었다. 날 발견한 서영이 환하게 웃으며 달려왔다. 이상하게 눈물이 조금씩 나오기 시작했다.

언니, 언니 왜 그래요.

걔가… 걔가 책을 줬는데… 하나도 못 읽어서…

받자마자 읽어봤어야 했는데. 그게.

괜찮아요, 언니. 다 괜찮아요.

나를 감싸 안은 서영이 머리와 등을 토닥였다.
그 따뜻한 손길에 참았던 눈물이 서럽게 터져 나
왔다. 사람들의 시선과 당황해하는 서영에도 아
랑곳하지 않고, 일 년 동안 참아왔던 모든 것을 쏟
아냈다. 애가 탔다. 발을 동동 구르며 아이처럼 더
크게 울고 싶었다. 들려? 보여? 너 때문에 내가 미
친 사람이 되어가고 있어. 잘 알지도 못하는 너 때
문에! 도대체 어디 있는 거야, 책은 왜 준 거야? 왜
계속 나를 괴롭혀. 왜 하필 나야.

울음이 잦아들자 서영이 소매로 얼굴을 닦아주
었다. 언니 쿵, 해봐요, 쿵. 그것만큼은 쪽팔려서

못하겠다. 서영의 소매에서 라일락 향기가 났다. 아마 내 소매에도 향기가 묻어 있을 것이다. 아침마다 향수를 뿌리고 나오는 게 습관이 되었으니까. 내가 끝까지 쿵, 소리를 내지 않자 서영이 웃으며 휴지를 꺼냈다. 나 안 보고 있을 테니까 저기 가서 쿵, 하고 와요. 콧물 흘러요.

무슨 일인지 말해주긴 좀 그렇죠?
되게 지루하고 이상한 이야기인데. 나 미친년처럼 보일 수도 있어.
그럴 리 없어요. 언니 이야기인데 어떻게 지루해요.

서영이 내 손을 잡고 흔들며 말없이 걸었다. 나는 이야기를 시작했다. 모든 것을 털어놓는 것은 오늘이 처음이었다. 서영이 처음이었다. 이야기하다 가끔 웃기도 했고, 다시 울기도 했다. 서영은 묵묵히 내 손을 꽉 잡아주었다. 횡설수설뿐인 내 이야기를 끝까지 진지하게 들어주었다.

그래서 울었어. 억울해서.

그분이 미워요, 좋아요?

모르겠어. 잘 알지도 못하는걸.

찾고 싶다면서요.

응, 찾고 싶어. 같이 일하는 애가 무당한테 가보라
고 했는데 정말 그래야 할까 봐.

어느새 집 앞이었다. 걸음을 멈춘 서영이 내 앞
을 가로막고 진지한 얼굴로 눈을 마주쳐왔다.

도와줄게요.

어?

그분 찾는 거, 도와줄게요. 나 생각보다 안 바빠요.
군대로 치자면 내가 왕고참인데. 나한테 뭐라고 하
는 사람 없어요.

그러니까 같이 찾아요, 그 사람.

어떻게…

어떻게든 같이 해봐요.

같이…

그러니까 울지 마요. 언니가 우는 게 더 싫은 것 같아요, 데뷔 못하는 것보다.

그런 게 어디 있어.

여기 있어요. 그러니까 울지 마요, 네? 울지 마요.

응.

013

태이는 호박전과 어묵볶음을 만들면서 의기양양한 표정을 지었다. 보아하니 결과물이 만족할 만큼 근사한 맛을 낸 것 같았다. 몇 년 만에 울어본 날이라 피곤해서 그냥 쓰러져 자고 싶었지만 담배를 꺼내 욕실로 향했다. 뜨거운 물을 정수리부터 맞으니 오늘의 억울함과 서러움이 조금씩 희석되어 배수구로 흘러가는 것 같았다. 같이 김세인을 찾아주겠다는 서영의 말은 예상 밖이었다. 분명 날 미친 사람 취급하거나 그냥 잊으라고 할 것 같았는데. 다시 콱 터져 나오려는 눈물을 가슴

꽉을 쳐가며 참았다. 울지 마요, 하는 말이 계속
귓가에 웅웅거렸다.

  유성 씨, 얼굴이 부었어요.
  오늘 좀 피곤한 하루였거든요.
  무슨 일 있었어요? 서영이가 자기 놀러가는 날은
  둘이 놀고 싶다고 해서 일부러 데리러 가지 않았는
  데. 갈 걸 그랬나.
  아뇨, 일이 좀 힘들어서요. 서영이랑은 재밌었어
  요. 태이 씨
  말대로 밝고 씩씩해요.
  나보다 서영이랑 더 친해지는 거 아니죠?
  그럴 리가요. 호박전 하나 줘요.

  태이가 막 부친 호박전을 집어 입에 넣어주었
다. 의기양양한 표정을 지을 만했군. 엄지손가락
을 치켜 올리자 태이가 뿌듯한 얼굴을 보였다.

근데, 서영이 바쁘지 않아요? 자주 놀러 오길래.

아직 데뷔곡이 나오진 않아서요. 그래도 바쁘긴 바쁘죠.

아마 지금도 연습실에 있을걸요.

내가 방해하는 건 아니겠죠?

걱정 마요. 많이 의지하는 것 같아요. 아무래도 같이 데뷔 준비하는 연습생들이 다 걔보다 어리고, 부모님은 타지에 계시고, 사람 워낙 좋아하고 그런 애다 보니까 유성 씨가 너무 좋은가 봐요. 저에게도 매일 유성 씨 이야기 물어봐요. 뭘 좋아하고 뭘 싫어하는지, 어떻게 만났는지, 취미랑 특기. 호구조사 당하는 기분이에요.

태이가 소리 내어 웃었다. 그날 밤 나는 태이의 팔을 베고 서영의 목소리를 생각했다. 열아홉치고는 야무진 목소리, 울지 말아요, 의 떨리던 목소리, 도와줄게요, 의 단단한 목소리. 충직한 표정. 강한 표정. 마음의 힘은 나이로 판단할 게 아니구

나. 그렇게 서영의 목소리를 되풀이하다가 까무룩 잠이 들었다. 오늘은 꿈을 꾸지 않았다.

014

아이와 아이의 친구들이 교실의 양극단에서 곧 버려질 교과서를 던지며 놀고 있었다. 곧 겨울방학이 시작될 터였고 나는 내내 반 배정 결과를 걱정할 것이다. 무엇이 유지되고 달라진다고 좋을 것도 없으면서.

아!

아이가 던진 책이 내 머리를 맞췄다. 그 사이를 걸어가려던 건 아니었다. 그냥 화장실에 가려고 생각 없이 아수라장 속을 걷고 있었을 뿐이다. 일부러 그 아이가 책을 던지는 타이밍에 그 길을 지나간 것은 아니다. 맹세코.

이마를 감싸 쥐고 몸을 웅크렸다. 소리가 잦아들고 아이가 달려와서 이마에서 손을 떼어낼 때까지 움직이지 않았다. 솔직히 아프진 않았다. 그냥 움직이고 싶지 않았다.

뭐야, 안 다쳤잖아.

아이가 가버린 뒤에도 나는 계속 쭈그리고 앉아 있었다. 맞아. 좋을 것도 없으면서. 좋을 것도 없으면서.

015

오랜만에 찾아온 휴일은 눈이 내리는 날이었다. 태이는 하루 종일 아이들을 가르쳤고, 나는 서영을 기다리며 책을 읽고 있었다. 태이가 바쁜 날은 서영을 보는 것이 당연한 일이 되어갔다. 서영은 데뷔조의 컨셉과 자신이 맡은 포지션, 연습 일정들을 읊으며 행복한 표정을 지었다. 십 년이 넘는 기간 동안 초조해했을 어린 서영의 얼굴은 이제 빛나고 있었다.

서영이 마스크를 쓴 채 카페로 들어왔다. 당장 데뷔하는 것도 아닌데 얼굴을 가리고 다니는 게 말이 돼요? 투덜거리면서도 착실하게 마스크를 쓰고 다니는 서영이 귀여워 웃음이 나왔다. 연습을 하고 왔는지 관자놀이에 땀이 맺혀 있었다. 손수건으로 땀을 닦아주자 서영이 머리를 마구 비벼왔다. 태이가 진돗개라면, 서영은 골든 리트리버… 금발로 염색할 예정이라는 서영의 말에 떠오른 생각이었다.

언니. 저 휴가 받았어요.

그래? 본가에 다녀오겠네?

아뇨, 저 회주로 가려고요. 언니랑요.

왜?

찾아야죠, 그 사람.

아직 회주에 있을 거라는 보장도 없고… 주소도 몰라.

언니가 다녔던 중학교가 있잖아요. 뭐냐, 주스 세트 같은 것 사서 은사님 뵈러 왔다고 하고 여쭤보는 거죠.

한 번도 김세인을 찾으러 희주에 가볼 생각은
하지 못했다. 딱히 피하고 싶은 게 있다거나 나쁜
기억 같은 것은 없었다. 물론 지금도 가족의 생일
이 가까워지면 희주에 간다. 다녔던 고등학교에도
가본 적은 있다. 하지만 중학교는…

기억나는 선생님이 없는데.
그럼 그냥 솔직히 이야기해도 되잖아요. 동창을 찾
고 싶다고.

가장 확실한 방법이긴 했다. 하지만 왜 이제까
지 이 생각이 머릿속에 떠오른 적이 없는 걸까. 간
접적 탐색만 반복했을 뿐, 직접 부딪혀볼 생각은
없었다. 사실, 찾아서 좋을 게 있을까. 하는 생각
이 먼저 떠올랐다. 하지만 찾고 싶다. 계속 꿈을
꾸고 싶은 거 아냐? 그냥 찾는 시늉만 하고, 찾고
싶다는 감정에 매달리면서, 꿈에서만 김세인을 만
나고 싶은 것 아냐? 아니야. 난 정말로 너를 찾고

싶어.

나 혼자 갈게.

같이 가요.

부모님 뵈러 가야지, 너는.

어차피 가도 친구 없어요. 중학교도 서울에서 다녔
고, 부모님도 바쁘셔서 얼마 못 보는데요.

그래도.

언니랑 같이 여행 간다고 생각하면 되잖아요. 저
희주 궁금해요.

유명한 것이라고는 그나마 간장찌개뿐인 희주
가 뭐 그리 궁금할까. 볼 것도 놀 것도 없는데. 하
지만 서영의 눈은 이미 반짝거리기 시작했고 그걸
외면하는 것은 도서관에서 스트립쇼를 하는 것보
다 어려웠다.

며칠 휴가를 내야겠다. 여태 쓰지 않은 연차들
이 쌓여 있으니 그 정도는 눈감아줄 것이다. 책들

도 사서 한 명이 자리를 며칠 비운다고 해서 서운
해 하지는 않을 테다. 정이 좀 바빠지긴 하겠지만,
그건 알 바가 아니었다.

기차표는 내가 끊을게.

서영이 그제야 편하게 기대앉으며 아메리카노
를 쭈욱 들이켰다.

—

희주에 며칠 다녀올까 해요.
무슨 일 있어요?
서영이랑, 그냥 여행이요.

태이의 표정이 시시각각 변했다. 나는 태이를
만난 후로는 누군가와 여행을 간 적이 없었다. 특
히 고향에 다녀오는 것이라면 더. 항상 일박 이일

정도의 짧은 일정이었고 '며칠'은 희주에 있기에는 긴 시간이었다.

　서영이 휴가받은 건 아는데, 그 녀석이 같이 간다고요? 왜요?
　희주가 궁금하대요.

　태이가 무슨 말을 하려다가 그만두었다. 하긴, 여자 친구의 고향을 '간장찌개가 그나마 유명한, 볼 것 없는 곳'이라고 칭하긴 좀 그렇겠지. 태이는 아마 그래요, 하고 수긍할 것이다. 나는 잠시 젓가락을 들고 태이의 대답을 기다렸다. 하지만 태이의 입에서 나온 것은 전혀 예상치 못한 것이었다.

　서영이가 날 미워해요.
　네?
　유성 씨, 요즘 나랑 지내는 시간보다 서영이랑 지내는 시간이 더 긴 것 알아요?

그야 태이 씨가 바쁘니까…

둘이 도대체 무슨 이야기를 해요? 서영이는 왜 날 점점 더 멀리하죠?

별 얘기 안 해요. 난 지금 태이 씨가 무슨 말을 하고 싶은 건지 모르겠어요.

서영이가 유성 씨를 좋아하는 것 같아요. 이성적으로요.

이 상황이라면 '이성적으로'라는 말은 쓰면 안 되는 것 아닌가? '동성적으로'는 뭔가 이상하고. '이성적'이라는 말의 대체재를 찾다가 대답이 조금 늦어진 것을 수긍으로 받아들였는지 태이의 목소리가 커졌다.

그렇잖아요. 처음부터 이상했어요. 나를 잘 따르는 애니까, 사람을 좋아하는 애니까. 하고 넘어가려고 했는데.

네.

그 녀석 휴대폰 배경화면이 유성 씨랑 찍은 사진인
건 알아요?

네.

본 적 있다. 서영도 굳이 숨기지 않았다. 심지어
배경화면을 바꾼 날 이것 봐요, 언니. 하고 자랑까
지 했다. 그게 문제가 되나?

그럼 알고도 만나왔다는 거예요?

지금 아주 큰 발상의 도약을 하고 있는 것 같아요,
태이씨.

왜 아니라고 말하지 않아요?

그야, 나도 잘 모르니까. 딱히 생각해본 적도 없
고. 이건 서영이한테 물어봐야 하는 문제 아닌가?
마치 누군가와 불륜 관계에 있는 아내를 비난하는
듯한 어조에 짜증이 나기 시작했다.

잘 모르니까요. 생각해본 적 없어요. 태이 씨를 멀리하는 것도 몰랐는데요, 전.

또! 그렇게 아무것도 모르는 척, 본인 속마음은 알려주지도 않고. 또 그러네요. 유성 씨, 저는 유성 씨를 만나면서 많이 참아왔어요. 속이 잘 보이지 않는 것도, 그리 다정하지 않은 것도, 그리고 언제든 떠나갈 사람처럼…

그럼 헤어지던가.

나도 모르게 불쑥 말을 내뱉었다. 딱히 별 감흥은 없었다. 나를 만나면서 참아왔다는 것은 무언가 부정적인 것을 인내해왔다는 건데, 그렇다면 굳이 만나야 할 이유가 있나? 짜증이 맥시멈으로 솟구쳤다. 태이는 한동안 아무 말도 하지 않았다. 충격을 받은 것 같기도, 예상한 것 같기도, 혹은 정신세계가 부서지고 있는 것 같기도 했다. 태이가 천천히 일어나 비틀거리며 문을 열고 나갈 때까지, 나는 아무 말도 하지 않았다.

태이는 새벽에 술에 떡이 된 채—진부한 표현이
지만, '떡'말고는 대체할 단어가 없었다. 젤리가 된
채 들어왔다고는 할 수 없는 노릇이지 않나—들어
왔다. 아무 말 없이 태이의 점퍼를 벗겨주고 침대
로 질질 끌어다 눕혔다.

…건성건성 인간.
네?
진지한 말투로 다 숨기고, 최선을 다하는 척하면서
나에게는 건성으로 대하고, 사실 모든 사람한테 그
렇죠… 아, 서영이는 아니려나. 나에 대해 열심히
생각해본 적도 없죠? 그냥 끼니때면 밥 먹고, 자고
싶으면 자고, 일할 때도 별 생각 없죠… 그러면서
건성인 티는 내지도 않고… 건성건성 인간…

저는 지성인데요, 라고 농담을 하고 싶었으나
적절한 시기가 아닌 것 같았다. 그럼 태이는 이제
까지 나를 건성건성 인간으로 생각해 왔던 거군.

아니, 대체 건성건성 인간은 뭐람. 그럼 본인은 열성열성 인간인가?

매사에 건성건성 하는 인간은 아니다. 태이에게도 최선을 다했다고 생각하고, 일할 때 책을 소중히 다룬다. 인간은 대부분 끼니때면 밥을 먹고 자고 싶으면 잔다. 도대체 무엇이 건성이라는 걸까. 무뚝뚝한 인간으로 비춰진다는 것은 안다. 그러나 무엇 하나 건성으로 대해본 적은 없다. 나를 대충 사는 인간으로 생각하다니. '건성건성 인간'을 끝으로 자고 있는 태이의 뒤통수를 한 대 후려갈겼다. 많이 취한 모양인지 온 힘을 다해 갈겼는데도 조금 꿈틀거릴 뿐, 다시 코를 곤다. 태평하군.

이브

기상하자마자 무릎을 꿇고 싹싹 비는 태이를 두고 출근했다. 서영이 말해준 날짜대로 휴가 신청서를 내고 자리에 앉아 신간 소설을 꺼내 읽었다. 어깨에 송충이를 매달고 다니는 여자의 이야기였다. 그냥 손가락으로 툭 튕겨버리면 해결될 문제인데, 이 소설을 쓴 작가는 현실성이 없어도 너무 없어서 문제였다. 월요일은 유난히 도서관을 찾는 사람이 없었다. 정은 새 애인과 메시지를 주고받느라 바빠 보였다. 사랑하던 두 여학생이 학교에서 괴롭힘을 당하고, 누군가는 죽고 누군가는 악

마가 되었다는 단편을 끝으로 책을 덮었다. 정말 형편없는 작가군.

태이와의 관계를 어떻게 해야겠다는 생각은 당장 떠오르지 않았다. 태이는 좋은 남자 친구였고, 요즘 과하게 행동한 것 빼고는 완벽했다. 주변에서도 입을 모아 태이 같은 남자는 평생을 가도 다시 만나지 못할 것이라 했다. 완벽한 남자라, 그거면 되는 걸까. 확실히 태이와 살면서 불편함이나 불쾌함을 느낀 적은 단 한 번도 없다. 장점밖에 없는 사람이었고, 나를 '건성건성 인간'으로 생각한다는 것을 제외하면 여전히 열렬히—태이가 아침에 애원할 때 사용한 표현이다—사랑하고 있었다. 하지만 그걸로 정말 괜찮은 걸까.

네 마음은 어떤데?

무슨 뜻이야?

아니, 태이 씨랑 헤어지고 싶냐고. 아니면 트랄라 해피엔딩을 맞고 싶냐고.

둘 다 생각해본 적 없는데.

이 대책 없는 인간아.

'건성건성 인간'에 이어서 '대책 없는 인간'이 콤
보로 내 정수리를 쾅 내리쳤다. 나는 항상 대책이
있다. 꼬박꼬박 저축을 하고, 신문을 보며 세상이
어떻게 돌아가는지 파악도 하고, 직장 내에서 일
도 잘 하는 편이다. 피치 못할 사정—갑자기 책상
에 올라가서 코브라 댄스를 추고 싶은 욕망을 주
체하지 못한다던가—이 생겨서 해고당한다고 해
도 새로운 일을 시작할 수 있을 정도의 대책은 마
련해 놓았다.

그런 게 아냐, 바보야.

그럼?

인간관계에 대한 대책이 없잖아.

있어.

내가 이 자리에서 식판으로 네 뺨을 갈긴다면 어떻

게 할래?

의무실로 가야겠지.

아니, 나한테 어떻게 할 거냐고.

생각해본 적 없는데, 생각해볼게.

그래, 이런 점이 대책이 없다는 거야.

가끔 정의 말은 이해하기 어려울 때가 있다. 오, 탕수육! 가장 좋아하는 반찬이 나오는 날이다. 이따가 이모님들에게 남으면 조금만 싸달라고 할 생각에 기분이 좋아졌다. 집에 가져가면 태이가 계란국을 끓여주려나. 서영이 저녁을 먹자고 하면 야식으로 먹어야겠다. 볼이 미어터지도록 탕수육을 밀어 넣다가 갑자기 하나의 깨달음이 내 머리를 댕, 하고 울렸다.

와, 나 정말 대책 없구나.

그걸 이제 알았어?

한심하게 쳐다보던 정이 내 탕수육을 몇 개 가져갔지만 새로운 사실에 놀라 막을 생각도 나지 않았다. 띵, 마침 메시지 알림음이 울렸다.

언니, 오늘 같이 퇴근!

서영이었다. 이제부터 대책을 만들어야 했다.

—

요즘 태이 씨 어때?
몰라요. 오늘은 얼굴이 석가탑 색이었어요.
태이 씨가 밉니?
네.
왜 태이 씨를 미워해?
저는 언니를 좋아하고, 언니는 태이 쌤이랑 만나고 있는데, 저는 언니랑 만나고 싶으니까요.

예상보다 직설적으로 나온 대답에 당황했지만 예측 불가능한 상황은 아니었다. 첫 번째 대책. 태이 씨를 미워하는 이유를 물어본다. 이미 물어봤다. 두 번째 대책. 나를 좋아하는지 물어봤다. 대답을 들었다. 세 번째 대책. 어떻게 하고 싶은지 물어본다. 이미 말해줬다.

그다음 대책은 만들어두지 않았는데.

네?

아무것도 아냐.

언니는 제가 좋아요?

좋지.

어떤 식으로요? 일 번, 동생으로. 이 번, 연애 감정으로.

잘 모르겠어. 생각해본 적이 없는데.

이제부터 생각해보면 되죠. 저 아직 젊어요.

으샤, 소리를 내면서 일어난 서영이 손을 내밀

었다. 퇴근합시다. 언니 데려다주고 다시 들어가 봐야 해서요. 급한 일이면 바로 회사로 가. 서영은 고개를 저으면서 나를 일으켰다. 언니가 그 집에 들어가는 모습 보는 건 싫은데, 가는 동안은 같이 있을 수 있잖아요. 서영은 집에 가는 내내 아무 말이 없다가, 도착하고 나서야 다시 힘주어 말했다.

저 아직 젊어요.

—

태이는 자정이 다 된 시각에 들어왔다. 장미 꽃다발을 내밀면서도 뭐라 형용할 수 없는 표정을 짓고 있었다.

왜 그래요?

태이가 갑자기 무릎을 꿇었다. 아냐, 오, 이건

아냐, 오, 설마, 에이. 일어나요!

유성 씨, 우리 결혼해요.
네?

아니야, 주머니 뒤적거리지 마, 오, 어, 아니, 생각해본 적 없어, 나 대책 없어, 오, 하느님—종교는 없지만—제발…

태이가 꺼내든 건—당연하게도—민트색의 반지 케이스였다. 와, 내가 좋아하는 브랜드. 가 아니라 너무 갑작스러운데. 사실 결혼을 한다면 태이 씨와, 라고 막연하게 생각해본 적은 있다. 주위에서도 이미 살림을 합쳤고 둘 다 안정적이니 결혼을 하는 게 어떻겠냐는 질문을 은근히 던져왔다. 부모님도, 태이 씨의 부모님도 우리의 조합을 마음에 들어했고 최근의 다툼을 제외하고는 갈등도 없었다.

…건성건성 인간과 결혼하고 싶다는 이야기인가
요?

네?

역시. 태이는 그날 밤 일을 기억하지 못하는 게
분명했다. 긁어 부스럼을 만들고 싶은 생각은 없
었기에 입을 다물기로 했다. 아니, 입을 다물면 안
되는데. 뭔가 대답을 해야 하는데.

생각해볼게요.

내가 할 수 있는 말은 이것뿐이다. 생각을 하고,
대책을 세워서, 그 후에 대답을 해야 한다. 지금
네, 라고 대답하면 내 인생은 조금 더 안락해질지
도 모른다. 지금이 일월이니 빠르게 준비하면 오
월의 신부가 될 수도 있겠다. 태이는 내가 바라고,
바라는 모든 요소를 어떻게든 만들어줄 것이다.
바이올린 모양의 드레스를 입고 싶다고 하면 남극

에라도 가서 구해올 것이며, 신혼집은 오 층짜리 건물로 하고 싶다고 요청하면 당장 나가서 오늘부터 건설을 시작할 것이다. 하지만 그것이 내가 바라는 게 맞나?

유성 씨, 우리 요즘 안 좋았던 것 알아요. 하지만 나는 내 인생에서 유성 씨가 없다는 생각은 해본 적 없어요. 유성 씨가 제 인생이에요.
나는 생각이 필요해요.
유성 씨.
당장 거절하는 건 아닌데… 나, 정말 생각할 시간이 필요해요.

감격에 찬 얼굴로 나를 끌어안는 것을 보니 확실히 '거절하는 건 아닌데'만 골라들은 것이 분명하다. 그냥 조용히 안겨 있기로 했다. 야유는 그만두시라. 여기서 내가 뭘 더 어떻게 할 수 있겠는가. 그냥 가만히 있는 수밖에.

017

수련회에서 딱 하나 좋은 점은 번호순으로 방을 배정해준다는 것이었다. 나머지는 극악무도한 일정이었다. 바다까지 고무배 타고 나가기—우리 반아이 한 명을 구조하는 실적을 올렸다—슈퍼맨 자세 유지하기, 팔 벌려 뛰기, 구호 외치기, 여섯 명이 씻을 수 있는 샤워실에서 서른 명이 씻기. 단체생활을 최고조로 싫어하는 나에게는 정말이지 몸서리쳐지는 일뿐이었다.

같은 방을 써도 같은 무리는 아니었기에 나는 일찍 눈을 감았고 아이와 그 친구들은 구석에서 이불을 뒤집어쓰고 소곤소곤 떠들기 시작했다. 눈을 감고 아이의 목소리를 들으려고 애를 썼다. 약간 긁는 듯한 낮은 목소리는 언제, 어디서든 나를 뒤돌아보게 만들었다.

…너…그렇지…넌…김유성…
…생각보다…
…난…

내 이름이 언급되자마자 눈이 번쩍 뜨였다. 자세히 들으려고 했지만, 아이들의 목소리가 더 작아졌기에 이제 모기 돌아다니는 소리가 더 크게 들릴 판이었다. 내 욕을 하는 걸까. 딱히 욕먹을 만한 짓은 하지 않은 것 같은데.

그렇게 잠이 들었다. 새벽쯤 되었을까, 내 골반 위에 옆에서 자고 있던 아이의 다리가 턱, 하고 걸쳐졌다. 가늘지만 근육이 많아 무거운 다리. 이제 다리만으로도 전체를 알아보는구나. 골반이 저려와 몸을 뒤틀자 뒤에서 뻗어온 팔이 몸을 감쌌다.

　자자, 좀.

　안 그래도 비몽사몽이던 차에 따뜻한 팔이 둘러
지자 금세 잠이 들었다. 아침에 일어나보니 아이
는 아무 일 없었다는 듯이 이불을 개고 그 위에 군
림하듯 앉아 있었다.

018

버스가 덜컹거렸다. 앞자리에 앉은 세인과 나 외에는 모두가 조용했다. 이제 꿈인 걸 반쯤 체감 하기에 대놓고 질문을 던질 수 있었다.

왜 내 꿈에 계속 나오는 거야?
수학여행 기억나?

기억난다. 수련회보다는 숙소가 좋았다. 대강 장기자랑을 망친 기억과, 라면을 끓였다가 대홍수 를 창조한 내가 떠올랐다. 수학여행은 왜? 별것 없었잖아.

　우리 그때 같은 방이었어.

　알아.

　새벽에. 텔레비전에서 음악 방송을 틀어주는데, 일
어난 사람은 너와 나뿐이었고, 그 노래 기억해?

　아니.

　긴 시간 속에, 널 찾으려, 힘겹게 애를 써도, 난,

　아, 알겠다. 아직도 그 노래 좋아해. 그게 왜?

　그냥, 후회되는 일이 많아.

　그래서 계속 내 꿈에 나타나는 거야?

　세인은 얇은 입술을 꾹 다물고 창밖을 바라보았
다. 그러고 보니 우리 둘 다 내가 졸업한 고등학교
의 교복을 입고 있었다. 세인은 다른 고등학교를
간 것으로 기억하는데. 자리에서 일어나 뒤돌아선
세인이 조심스레 이마에 입을 맞췄다.

여기서는 뭐든 가능해. 뭐든.

—

휴가 승인이 났다. 서영은 기차역에서부터 '희
주시 관광 코스'를 검색하기 시작했지만, 딱히 관
광의 도시는 아닌지라 소득이 없었다.

소용없다니까 그러네.
그래도, 저 여행 엄청 오랜만에 가본단 말이에요.
놀이공원도 가면 안 돼요?
… 작년에 롤러코스터 멈춘 사고 뒤로 문 닫았어.
간장찌개…
희주 사는 사람들은 잘 안 먹어.

서영이 시무룩한 얼굴로 고개를 숙였다. 그날
밤 이후로도 서영은 달라진 점이 없었다. 평소처
럼 웃고, 툴툴거리고, 나를 만나러 오고, 데뷔에 대

해 이것저것 얘기해주었다.

대신 숙소는 좋은 곳으로 잡았어. 바캉스 간다고
치면 되지, 뭐.
그러면…!
트윈 베드야.

아, 탄식을 내뱉은 서영이 풀썩 엎드렸다. 대체
뭘 기대한 거람. 사실 숙소는 이야기가 나오자마
자 예약해둔 상태였다. 본가에 서영을 데리고 가
면 수많은 질문이 쏟아질 테고, 또 어색한 분위기
를 애써 끌어올리려는 부모님의 모습도 불편했다.
성인이 되자마자 다른 지역으로 떠난 탓에 친근감
은 점점 엷어져갔고, 이제는 안부를 묻는 사이로
쪼그라든 버석버석 가족. 그래도 한 번은 들러야
겠지. 희주에 가는 이상은.
정말 너를 찾을 수 있을까. 찾는다면 어떻게 해
야 할까. 네가 매일 내 꿈에 나온다고? 어떻게 좀

해달라고? 너를 생각하는 게 너무 괴롭다고? 어떤 행동이든 미친 여자처럼 보이겠지만, 내가 미쳐가고 있다는 것쯤은 아주 잘 알고 있다. 그렇기 때문에, 이제 널 찾으러 간다.

—

오지 마.

세인은 불안해보였다. 우리가 서 있는 옥상의 형상이 자꾸만 일그러졌다. 할 수 없이 난간을 잡고 몸을 지탱해야 했다.

왜 오지 말라는 건데.
그냥… 그냥 오지 마. 찾지 마.

세인이 픽, 눈물을 터뜨렸다. 그러자 옥상이 세인 쪽으로 급격히 기울어지는 바람에 난간을 놓치고 미끄러졌다. 다행히 내가 안착한 곳은 세인의 품이었다. 세인은 내 몸을 허겁지겁 끌어안았다.

나 여기 있잖아. 계속 있을 거야.
이건 현실이 아니야.
나에겐 현실이야.
너는 그냥 내 무의식 속의 기억일 뿐이야. 나는 힘이 있는 너를 찾고 싶어.

세인은 마지막 말에 충격을 받았는지 눈물을 제대로 쏟아내기 시작했다. 나는 모세혈관과 근육과 뼈와 거죽이 있는 너를 찾고 싶다. 왜 날 이해하지 못해? 너를 찾고 싶다는 마음 하나만으로 나는 미친 사람이 되었어.

너를 찾으면 안 되는 이유를 대봐.
사랑해.

옥상이 기울어지다 못해 뒤집히기 시작했다. 몸이 거꾸로 뒤집어진 채 운동장으로 곤두박질치는 순간에도 세인은 나를 끌어안은 채 놓아주지 않았다.

사랑해, 그러니까 찾지 마.

—

희주는 달라진 게 없었다. 서영은 무언가 전원일기 같은 풍경을 상상했는지 시무룩하게 소도시의 전경을 둘러보았다. 서울로 이사를 간 이후, 희주시는 적어도 내게 바다가 존재하지 않는 모래사장 같은 장소로 변모했다. 바다가 있을 것만 같은, 그러나 없는. 희주에 내려가기만 하면 입안이 모래가 낀 듯 꺼끌거렸다. 짠 내가 났다.

숙소에 도착하자마자 서영은 침대로 다이빙을 시도하다가 무릎을 찧고 바닥을 굴렀다. 다리를

부여잡고 우는 소리를 내는 서영을 살피다 무모한
자세의 다이빙이 생각나 자꾸 웃음이 나서 서영에
게 혼나기도 했다.

　이것 봐, 멍들었어요.
　부러진 건 아니라 다행이네.
　조금 더 걱정해주면 안 돼요?
　일단 좀 자고 움직일까.
　같은 침대에서 자면 안 돼요? 저 다리가 너무 아파
서 혼자 자면 악몽 꿀 것 같아요.
　방금 네가 다이빙한 침대가 네 침대, 이건 내 침대.
　잘 쉬어라.

　피곤한 건 사실이었기에 침대에 눕자마자 잠이
밀려왔다. 내 침대로 자꾸 올라오려는 서영을 밀
어내다 서영이 한 번 더 굴러떨어진 것 외에는 별
탈 없이 잠에 빠져들었다.

아파트 옥상에서 눈을 떴다. 시멘트 바닥이었지만 이상하게도 포근한 느낌이었다. 강한 햇빛 덕에 부유하는 먼지들이 하나하나 눈에 들어왔다. 한여름의 따가운 햇빛보다는, 겨울의 희망 같은 햇빛보다는, 무언가 존재하지 않는 제5의 계절에 내리쬘 법한 그런 햇빛. 햇살. 햇빛.

왔어?

응.

웬일로 교복이 아닌 사복 차림의 세인이 나타났다. 오렌지색 니트에 편해 보이는 청바지를 입고 있었다. 머리도 길었고, 얼굴도… 아…

너, 지금의 세인이구나.

맞아.

눈물이 나올 것 같아 습관처럼 손가락으로 물탱

크를 문질렀다. 이제는 어느 쪽이 현실인지 분간
할 수도 없게 생생한 촉감이었다. 결국 눈물이 볼
을 타고 흘렀다.

나 여기 있어. 나 김세인이야.

어떻게 지내는 거야, 너.

허락된 시간이 그렇게 많지 않아.

이제 내 꿈에 나오지 않는 거야?

난 계속 여기 있을 거야. 넌 계속 날 만나러 오면
돼.

어떻게 지내는지 알려줘.

잘 지내. 평범하게 잘 지내.

그런데 왜 찾지 말라는 건데? 우리가 만나면…

우리는 계속 만날 수 있어. 네가 나를 찾지 않는다
면.

어떻게든 찾아낸다면? 홍신소라도 이용한다면?

고집을 부리고 싶었다. 찾지 말라고 할수록 실

재하는 너를 찾아내서 보라고, 내가 이렇게 널 찾
아내지 않았냐고, 우리 이제 현실에서… 현실에
서 뭘 어떻게 하지. 세인은 이제 화가 난 것처럼
보였다.

나는 너를 만나려고 결과도 모르는 위험을 감수했
어. 이 정도 부탁은 들어줄 수 있잖아. 설명해주면
되는 것 아니야? 뭣도 모르는 채 그냥 널 평생 두고
살아?

결혼하지 마.

네가 무슨 권리로.

그 사람, 이렇게 날 만나는 걸 이해해 줄 사람 아니
야. 이기적인 거 알아. 미안해.

네가 어떻게 알아? 그리고 네가 뭔데. 뭔데 찾지도
말고 결혼도 하지 말라고 해.

널 만나려고 모든 걸 내던진 사람. 영겁의 시간을
암흑으로 살아갈 사람.

제대로 설명해줘, 제발.

설명은 충분히 했어. 결혼은 원한다면 해. 하지만 찾는 건 안 돼.

설명은 추상적이었고 대화는 자꾸만 원점으로 돌아갔다. 배경이 일렁이기 시작했다. 우리에게 남은 시간은 길지 않았다. 세인을 설득해야 했다.

찾아낼 거야.

그럼 나를 다시 못 보게 될지도 몰라.

무슨 근거로? 찾아낸다면 널 계속 볼 수 있잖아.

그런 게 아냐. 간단하게 설명할게. 네가 날 찾으면, 우린 다시 못 만나.

옥상이 흔들리고 놀이터가 갈라지기 시작했다. 꿈이 무너지고 있다. 혹은 내 무의식이 무너지고 있다. 세인은 그대로, 침착하게 서 있었다. 너만은 내 무의식의 발현이 아니라는 거지. 아파트가 완전히 폭발하기 전에 세인이 외쳤다.

찾지 마!

—

언니, 언니, 눈 좀 떠봐요.

세인아.

왜 울어요. 악몽 꿨어요?

눈을 떴을 때 시야에 들어온 것은 서영의 걱정
스러운 얼굴이었다. 눈물이 흘러 귀밑머리까지 흠
뻑 젖어 있었다. 서영을 끌어당겨 품에 얼굴을 묻
었다.

나, 안 찾을래.

서영은 아무 말 없이 머리 뒤로 팔을 넣어 나를
감싸 안았다. 그 견고한 포옹에 입에서도 어어, 하

는 짐승 같은 울음소리가 터져 나왔다. 부끄럽다는 생각도 들지 않았다. 나 안 찾을래, 안 찾을 거야… 가장 사랑하는 토끼 인형을 빼앗긴 어린아이처럼 입을 크게 벌리고 울었다. 뺏겼다. 현실의 너를 뺏겼다. 너의 허상과 본질 둘 다 잃어버릴 수는 없다. 그러나 단단한 뼈와 질긴 근육과 왈칵왈칵 피가 도는 너는 뺏기고 말았다.

안 찾을래. 서영아. 세인아. 나 안 찾을게. 울음소리가 잦아들 때쯤 서영의 입술이 눈가에 내려앉았다. 연신 눈물을 훔쳐내던 입술이 제자리를 찾아갔다. 입술이 닿기 전에 서영이 나직하게 말했다.

찾지 말아요, 그 사람.
응, 응. 나 안 찾을래.
언니 하고 싶은 대로 해요. 지금도.

망설이지 않고 서영의 입술을 찾아 물었다. 물

기 어린 살덩이가 서로를 찾아 급하게 움직였다. 서영이 상체를 세워 급하게 옷가지들을 벗겨냈다. 가슴과 배가 맞닿았다. 허벅지가 엉키고 얇은 손가락들이 깍지를 껴왔다. 아, 완벽하게 맞물리는 느낌에 탄성을 냈다. 몸을 붙이고 있어도 안달이 났다. 조금만 떨어져도 다시 허겁지겁 달라붙었다. 자성과 견인력과… 마치 서로를 위해 만들어진 몸뚱어리들처럼.

김세인을 찾기 위해 떠났던 여행은 원래의 취지를 잃고 다른 목적을 찾았다. 우리는 손을 맞잡고 밍밍한 간장찌개를 떠먹으러, 독립영화를 틀어주는 낡은 영화관을 찾으려, 학창시절 때 하굣길로 선택했던 수선화가 피는 공원으로 여기저기 쏘다녔다. 본가에 가서 식사를 하기도 했다. 친한 동생으로 자신을 소개한 서영은 특유의 너스레로 부모님의 마음을 사로잡았다. 저 언니한테 시집가려구요, 하는 말에도 부모님은 환영이라며 웃었다.

잠은 자지 않았다. 세인에게 널 찾지 않겠다고 순순히 말하기엔 찾고 싶은 마음이 너무나도 거대했다. 대신 서영의 품에 안겨 서영의 어릴 적 이야기—지금도 어리지만—를 듣고, 초등학교 시절부터 시작된 연습 생활을 듣고, 내 꿈 이야기도 들려주었다. 우리는 대화를 멈추지 않았다. 여행에는 끝이 있기 마련이고, 어떠한 시간이라도 꿈에서 깨어나면 그걸로 끝이라는 것을, 김세인이 똑똑히 알려주었기 때문에.

그 사람을 사랑해요?

잠시 서영이 이야기하는 '그 사람'이 태이인지, 김세인인지 몰라 망설였다. 어쩌면 둘 다일지도 모른다.

태이는 편하고, 김세인은… 절박해.
나는요?

너는… 모르겠어. 설명하기 어려워.

그럼 사랑은 나랑 하면 안 돼요?

절박하게 김세인을 바라고, 태이의 품 안에서 안정감을 찾고, 사랑은 서영과 주고받는다. 너무 이기적인 삶이다. 물론 내가 소설 속 주인공이라거나 영화의 등장인물이라면 개연성은 충분하다. 그러나 나는 평범하고 조금 대책 없는 인간일 뿐이고, 세 명에게 번갈아 가며 나눠줄 감정의 총량도 충분하지 않다. 한 명을 버린다면, 혹은 한 명을 택한다면, 누구일까.

결혼한다고 해도 말리지 않을게요.

어떻게 알았어?

태이쌤이 동네방네 떠들고 다니는데요, 뭐.

태이와 나의 결혼을 너무나도 심상하게 말하는 서영이 부러웠다. 나는 어리지 않고, 서영처럼 패

기와 자신감이 넘치지도 않는다. 서영과 함께하는 삶. 애정 높음. 리스크는 더 높음. 현실적으로 불안정. 태이와 함께하는 삶. 애정 있음? 리스크 낮음. 정사가 지루함. 세인과 함께하는 삶. 항상 간절해야 함. 이걸 삶이라고 불러야 할지도 모르겠음.

　사랑은 나랑 해요. 결혼식도 가고, 태이쌤도 미워하지 않을게요.
　너무 불륜 드라마 대사 같은데.

　대책 없는 인간은 일단 회피하고 본다. 오늘 밤이 지나면 태이와 나의 집—우리 집—으로 돌아가야 하고, 세인은 계속 꿈에 나오고, 서영은 계속 사랑을 할 것이다. 그리고 나는 그 삼각형 안에 갇혀서 어쩔 줄 모르는 인간이다. 아니면 삼각형을 내려다보면서 어느 하나도 뺏기기 싫어하는, 이 상황에서 무엇도 바꾸고 싶어 하지 않는 이기적인 신처럼 굴고 있을지도 모른다. 오늘은 이만 자야

했다. 며칠 꼬박 밤을 새웠더니 이젠 서영의 얼굴
마저 흐릿하게 보일 지경이다. 베개를 고쳐 베고
눈을 감았다. 무엇보다 김세인이 보고 싶었다.

왔네.

세인은 지친 표정으로 운동장 계단에 걸터앉아
있었다. 며칠 잠을 자지 못한 내 몰골과 비슷했다.
조금 화가 나 보이기도 했다.

오래 기다렸어.
여기서?
너는 모르는 곳에서.
우리 학교 교복이네. 우린 다른 고등학교를 나왔
는데.
네가 고등학교 1지망을 나와 같은 곳으로 쓸 줄 알
았어.

됐어, 지금이라도 같은 교복을 입고 있잖아. 세인이 손을 끌어당겨 제 옆에 앉혔다. 꿈속에서도 피곤했다. 세인의 무릎을 베고 누웠다. 나도 이젠 뭐가 뭔지 모르겠어.

잘 생각했어.

뭘?

찾지 않기로 했잖아.

됐어, 그 이야기는 그만해. 그냥 지금 이렇게 있어.

세인은 내 머리칼을 슬슬 쓸어주었고 시간이 지날수록 얼굴에 생기가 도는 것 같았다. 혹시 꿈의 세인은, 내가 잠에 들지 않으면 빈 공간에 혼자 갇혀있는 걸까. 하지만 지난번의 다 자란 세인은 분명 평범하게 지낸다고, 잘 지낸다고 했다. 그렇다면 나와 세인의 꿈이 맞닿을 때가 아니면 세인도 잠을 이루지 못하는 걸까.

아무것도 묻지 않기로 했어. 그럼 계속 같이 있을

수 있는 거지?

응.

중학교 때라면 내가 네 무릎을 벨 일은 절대 없었

을 텐데.

왜 절대 없어?

친하지 않았으니까.

정말 그렇게 생각해?

당연하지.

세인이 한숨을 쉬었다. 내가 너무 서툴렀어. 그

말을 끝으로 세인은 한동안 입을 열지 않았다. 뭐

가 서툴렀는지, 왜 서툴렀는지 묻고 싶었지만 지

금은 그냥 이렇게 누워서 아무것도 하고 싶지 않

았다. 세인도 굳이 말할 생각은 없는 것 같았다.

깜빡, 깜빡, 세인의 뾰족한 턱을 바라보다 눈을 감

았다.

나는 겁이 많았어. 지금도 그렇고.

웃기는 소리. 네가 학교에서 제일 용감했잖아.

그리고 너무 시끄러웠어.

너는 아무것도 몰라.

세인이 낮게 웃었다. 내가 뭘 아무것도 모른다는
거야. 그렇게 만든 건 너면서. 항의하고 싶었으나
무엇도 더 묻지 않기로 했기 때문에 입을 닫았다.

019

데뷔가 임박한 서영은 바빠졌다. 그래도 틈날 때마다 메시지를 보내는 것과 새벽이라도 얼굴을 보러 찾아오는 것은 잊지 않았다. 태이도 덩달아 바빠졌기 때문에 태이가 들어오지 않는 날은 서영의 집에서 자고 출근하기도 했다. 자연스럽게 결혼에 대한 이야기도 미뤄졌다. 평화로운 나날이라고 생각했다. 그렇게 느낀 것은 나뿐이었겠지만.

언니, 왜 답장 안 했어요? 나 언니랑 연락하려고 쉬는 시간만 기다리는데.

유성 씨, 오늘도 회사에서 밤 샐 것 같아요. 시간 날 때 전화 한 번만 해줘요.

숨 쉴 틈도 없는 건 둘인데, 오히려 불안한 건 그쪽들이었다. 나는 평소처럼 출근을 하고, 퇴근을 하고, 서영의 집이나 원래의 집을 번갈아 가며 들렀다. 평화로운 삼각형 안에서 나는 이기적으로 평화로워졌다. 보통 드라마에서 몇 명의 인간들 사이에서 고민하는 여주인공은 울고, 웃고, 소리 지르고, 술을 마시고, 또 귀엽다. 하지만 나는 울지도 웃지도 않았고 평소처럼 고요했다. 술은 입에도 대지 않았으며 내가 귀엽지 않다는 사실을 잘 알고 있다. 그저 생각보다 평화로울 뿐. 생각보다는 덜 이상하고, 그럼에도 어딘가 마비된 구석이 있는.

세인은 유일하게 바쁘지 않은 사람—이걸 사람

이라고 부를 수 있나—이었다. 잠에 들면 언제든 만날 수 있었고, 약속을 하지 않아도 내 앞에 나타날 수 있으니까. 그런데도 나는 세인이 가장 불안했다. 항상 어디론가 가버릴 것만 같았다. 그래서 널 찾고 싶었던 건데, 또 찾지도 말라고 한다. 한번은 세인이—꿈속에—숨어 있다가 나중에야 나와서 놀래킨 적이 있었는데, 내가 너무 심하게 우는 바람에 꿈에서 깨버린 적도 있었다. 세인이 있었음에도 나는 늘 세인을 찾아다녔다. 내가 찾아다니는 건 너뿐이었다.

—

중학교 졸업식이 끝나고, 웬일로 아이에게서 먼저 문자가 왔다. 영화 보러 가자. 친하지 않은 아이에게 선뜻 영화를 보러 가자고 말할 수 있는 아이의 사회성과 가려진 그 무심함이 부럽고 비참했다. 그래도, 일단은. 행복했다. 들숨, 날숨. 호흡을

한 번 고르고 답장을 보냈다. 그래. 최대한 무심하게, 별일 아닌 것처럼.

우리가 고른 날은 각자 진학할 고등학교에서 반 배정 고사가 있는 날이었다. 앞으로 삼 년간의 삶을 결정하게 될 수도 있는 중요한 날. 물론 성적의 결과나 반 배정의 문제는 아니었다. 낯선 아이들에게 첫인상을 어떻게 심어주는지가 관건이었다. 아이들은 대부분 무난한 옷, 혹은 다니던 중학교의 단정한 교복을 입고 나타날 터였다. 그러나 시험이 끝나자마자 아이를 보러 가야 하는 나는 새벽부터 일어나 화장대 앞에 앉아 있었다. 아이에게 내가 구석에 앉아 책만 읽는 음침한 아이만은 아니라는 것을 보여주고 싶었다. 겉모습으로 모든 것이 구분되는 줄만 아는 유치한 나이였다. 최대한 짧은 치마를 입고 눈에 띄는 초록색 컨버스화를 신었다. 훗날 고등학교 친구들은 그날의 내 모습을 두고 '그날 학교에서 가장 튀었던 아이' 중 하나라고 결론지었다.

너무 일찍 일어난 탓에 시험 내내 엎드려 졸았다. 아이들은 내 외양과 태도에 이미 '노는 애'라고 낙인을 찍었는지 먼저 다가와 친절하게 굴고, 함께 다니자며 찾아오기도 했다. 그건 알 바가 아니었다. 쉬는 시간마다 화장실에 가서 거울을 들여다봤다. 하얗게 분칠을 한 얼굴에 유행하는 검은색 젤 타입 아이라이너와 붉은 입술이 보였다. 미소를 지었다. 시험이 끝난 후 최대한 아이와 오래 있고 싶었다. 그냥 오래오래 함께 있고 싶었다. 그냥 그날 아이에게 그렇다고 말했더라면 모든 것이 달라졌을지도 모른다.

사복을 입은 아이의 모습에 가슴이 뛰었다. 최대한 아무렇지 않은 표정을 가장하며 다가가 어깨를 살짝 건드렸다. 아이는 내 얼굴을 빤히 들여다보다가 웃음을 터뜨렸다.

뭐냐, 화장.

얼굴이 붉어졌다. 새벽부터 공들여 한 화장이 그 네 글자 앞에서 무너졌다. 괜히 아이에게 신경 꺼, 쏘아붙이며 식당에 들어갔다. 아이는 평소답지 않게 쩔쩔매며 아니, 예쁘다고. 하면서 어깨에 손을 둘렀다. 음식이 나오기 전에 가방에서 책을 꺼내서 펼쳤다. 어른이 되면 카페 사장이 되겠다는 원대한 꿈을 가지고 있던 참이라 아이가 오기 전에 바리스타 자격증에 관한 책을 한 권 사두었다. 어때, 난 미래가 있는 여자야. 커피에 대한 책 한 권에 아이가 그런 것까지 판단하긴 불가능한 일이었겠지만 나는 무엇이든 보여주고 싶었다. 책을 빼앗아 간 아이가 뭔데, 하면서 웃었다.

바리스타 자격증. 요즘 관심이 생겨서.
퍽이나 잘하겠다.

갑자기 중학교 가정 시간에 거미 모양 케이크를 만들어서 참담한 점수를 만들고—아이의 커다란 웃음소리와 함께—좌절했던 기억이 떠올라 다시 얼굴이 붉어졌다. 손재주가 없는 편이라 가정 시간에 만드는 것은 죄다 엉망이었다.

밥이나 먹어.

우리는 짜장면과 짬뽕을 먹으며 어색한 시간을 나눠 가졌다. 친하진 않았어도 어색했던 기억은 없었는데, 그날의 식사는 무척이나 부자연스럽고 머쓱했다. 서투르게, 그러나 빠르게 성장 중이던 아이 두 명은 그렇게도 서로가 낯설었나.

영화 내용은 거의 머리에 들어오지도 않았다. 영화관이라는—대부분 친밀한 사람과 함께 오는 —장소에 나란히 앉아 있다는 사실에 간지럽고 또 아쉬워서 어쩔 줄 몰랐다. 이 시간이 너무 아쉬워서. 다시 이런 시간이 오지 않으리라는 것을 직감한 것처럼.

영화가 끝나고 아이는 한참이나 말이 없었다.

평소엔 그렇게도 잘 떠들더니, 새로 간 학교에 대해서도, 오늘 본 시험에 대해서도 말해주지 않았다. 나도 고집스럽게 입을 다물었다. 항상 관심을 받으려고 애쓰는 쪽은 나였으니, 오늘만큼은 그러고 싶지 않았다. 우리는 서로를 흘긋흘긋 바라보며 조금 걸었다. 어지럽고 이상한 저녁이었다. 뒷머리를 긁적거리던 아이가 그럼 잘 가, 하고 멀어졌다. 정말 이렇게 간다고? 왜 나를 불러낸 건데? 왜 단둘이 밥을 먹고 영화를 보자고 한 건데? 할 말은 그게 다야? 혼자 남겨진 나는 주먹을 쥐고 울음을 참으며 그 자리에 서 있다가 집으로 발걸음을 돌렸다. 내가 아이에게 특별하지 않다는 사실이 비참했다. 누군가에게 그렇게 특별하게 여겨지고 싶었던 적은 없었다. 그렇게 간절히 바란 적도 없었다. 이 년이 넘는 시간 동안 나는 마른 우물에 삽질만 하고 있었던 것이다. 우리의 첫 약속과 만남은 그렇게 끝났다. 그걸로 끝이었다. 아이의 얼굴을 본 것도 그것이 마지막이었다.

고등학교 생활은 정신없이 돌아갔다. 나는 무언가를 잊으려는 듯 빠르게 아이들과 친해지고, 책을 잠시 손에서 놓았다. 전화번호를 바꾸고 담배를 배워 술을 마시러 다녔다. 학교에서 보내는 시간과 룸소주방에서 보내는 시간이 비례했다. 폭연과 폭음의 나날이었다.

가끔 아이를 떠올린 적은 있다. 술집에서 누군가는 토하고, 누군가는 널브러져 자고, 누군가는 담배 연기로 찌그러진 동그라미를 만들어낼 때. 담뱃재가 얼마나 오래 떨어지지 않고 버티나 돌아가면서 내기할 때. 잘 알지도 못하는 남자애와 입맞춤을 하고 낄낄 웃을 때. 모두가 술에 취해서 쓰러지고 잠시 정적이 찾아올 때. 어린 뇌는 빠르게 니코틴과 알코올에 절여졌고 덕분에 기억하고 싶지 않은 것을 쏙쏙 골라 가장 외진 곳에 묻어두는 법을 배울 정도로 영리해졌다.

그렇게 모든 것을 안개 뒤로 숨겨두었다. 압착기로 눌러 질척거리는 늪 속에 던져두었다. 늪은 아무엇도 모른다는 듯 덩어리가 부풀어 오를 때마다 더 깊은 곳으로 끌어내렸다. 가장 깊고 어두운 곳, 나도 인지하지 못하는 늪의 알지 못하는 곳까지.

OZO

서영의 데뷔는 성공적이었다. 사람들은 서영의 오랜 연습기간과 그 감성적인 서사에 열광했고, 서영 본인도 빛나는 외모와 호탕한 성격으로 대중을 열심히 끌어들였다. 서영은 지치는 법이 없었다. 며칠 밤을 새우며 스케줄을 뛰고도 나를 만나러 왔고, 회사에서 핸드폰을 압수당하자 몰래 번호를 하나 더 개통해 인터넷 기능이 없는 구형 핸드폰으로 메시지를 보내왔다. 내가 해줄 수 있는 일은 메시지에 성실하게 답변해주는 것과 멀리서 달려오는 아이의 품에 와락 안겨 마주 안아주는 것뿐이었지만, 서영은 충분하다고 했다. 충만하다고 했다. 언제나 그랬듯이 힘주어 말했다. 언니와 연결되어 있다는 사실 자체가 나를 행복하게 만들어요. 우린 둘 다 살아있고 우리는 사랑을 해요. 그게 현실이에요.

가끔은 태이와 거실에서 텔레비전을 통해 서영을 보기도 했다. 태이는 더 이상 서영에 대한 일은 추궁하지 않기로 마음먹었는지 서영의 무대를 보며 아, 저 부분 잘 살린다. 자식, 삑사리 났네. 웃는 것 좀 봐. 하며 아무렇지도 않게 서영을 입에 담고 나를 품에 담았다. 프러포즈에 시간이 필요하다는 내 말을 결혼하기엔 아직 이른 나이라는 뜻으로 받아들인 태이는 어느 날 술에 취해 들어와서는 정말 좋은 사람이 될게요, 유성 씨가 원하는 모든 것을 이뤄줄게요—그럼 건성건성 인간으로 살게 해줘—라며 고꾸라졌다. 가끔 자면서 세인을 부를 때마다 못마땅한 표정을 짓기도 하지

만, 그는 여전히 헌신적이고 안전하다. 아마 나를
잃지 않으려 끝없이 본인을 보다 안전한 테두리
로 망치질할 테다. 고집스럽게 계단에 앉아있던
그는 이제 제2 문학자료실 앞에서 나를 기다린다.
견고하게 얼어붙은 수면 아래에 끝없는 허공이 있
을지, 파슬리 향이 나는 따뜻한 물이 흐르고 있을
지는 모르는 일이지만 일단은, 곁에 있기로 했다.
당신들이 나를 비겁하다고 힐난해도 어쩔 수 없
다. 이것이 바로 대책 없는 인간의 필사적인 대책
이니까.

이 해괴하고 비정상적인 삼각형 안에서 살아가
는 게 못마땅하다면, 세 개의 상자를 모두 끌어안
고 사는 내가 불만이라면. 그냥 어떤 미친 여자가
삐뚤빼뚤 제멋대로 그려 넣은 삼각형—어느 꼭짓
점이 더 가까운지 가늠할 수 없는—속에서 편안하
게 웅크려 잠든 모습을 상상해 보시라. 그리고 그
표정이 얼마나 포근하고, 평화롭고, 절박한지 헤

아려 주시라. 부디 당신들의 너그러움을 바라며. 훗날 긴 꿈에서 깨어났을 때 눈앞에 있는 사람이 너이길 바라며. 이야기를 마친다.

세인, 끝나지 않은 이야기

트럭에 부딪혀 몸이 날아가고 아스팔트에 머리부터 처박히는 순간, 떠오른 것은 어이없게도 중학교 시절의 풋사랑이었다. 단발머리에 두꺼운 안경, 앙상하게 마른 몸, 긴 속눈썹, 나를 제외한 다른 아이들에게만 헤프게 보여주는 활짝 웃는 얼굴. 보통 죽기 전에는 삶이 주마등처럼 지나간다고 하던데 왜 너만 선명하게 상기되는 걸까. (어머니, 아버지, 죄송합니다.)

졸리다. 머리가 깨져 뇌수가 빠져나가고 눈앞이 흐려진다. 중력의 지배를 받지 않는 몸은 시간의 장막을 미끄러져 간다. 자꾸 나타났다 사라지는 네 모습이 보인다. 사랑한다고 하지 못해서, 그것이 한으로 남아 내 삶을 너로 끝내려는 건가. 하지만 아직 사랑한다고 말할 기회는 있다. 나는 죽음에 고꾸라질 만큼 약하지 않다. 그건 너도 아는 사실일 테지만.

내 옆을 스쳐 지나가는 시간의 장막에 손가락을 박아 넣고 죽 찢어냈다. 온통 어둠이다. 너는 아주 먼 곳에 있다. 하지만 분명히, 너는 이곳에 있다. 내가 찾는다면. 우리는 만날 수 있다.

후회할 텐데.

누구의 목소리인가. 내 목소리를 녹음한 뒤에 듣는 듯한 진저리 쳐짐. 그렇다면 내 목소리인가. 아니, 네 목소리인가. 이곳에서의 의식도 점점 흐려지고 있다.

완전히 네 차지가 되지도 못할 텐데.

너는 영겁의 시간을 외롭게 보내야 할 텐데.

암흑 속에 갇혀 그 아이의 '삶'을 바라봐야 할 텐데.

애초에 그 아이를 만나지 못할 수도 있는데.

이렇게 망가진 몸으로 영원히 그 아이를 찾아다니다가. 후회할 수도 있는데.

모든 힘을 끌어모아 너를 생각했다. 다시 한 번만이라도 실수를 되돌릴 수만 있다면, 그게 아니었다고, 아니, 그냥 단 한 번만이라도 너에게 닿을 수 있다면. 네 숨결 하나만 내 손톱 끝에 스치게 할 수 있다면. 모든 것을 감수하겠다. 풋사랑이란 말은 어울리지 않는다고. 알고 있었다. 자주 후회했고, 사랑하지 않은 적은 없었다. 단지 겁이 났을 뿐. 만회할게, 유성아. 지금까지 뒤로 제쳐두었던 용기들을 끌어모아 장막의 주름을 더 넓게 벌렸다. 그리고 어둠 속으로 뛰어내렸다. 내가 널 찾을게. 내가 널 찾아갈게. 온몸이 바스라지고 머리통이 다 흘러내리더라도 널 찾아낼게.

나는 절대 후회하지 않는다. 우리의 이야기가 여기서 끝은 아니라고 믿어.

에필로그

수학여행은 따분하기 짝이 없었다. 그래도 사복을 입은 아이를 볼 수 있다는 것에 감사하며 항상 눈으로 아이를 쫓았다. 아이는 친구들과 신나게 떠들다가도 나와 눈이 마주치면 싸하게 굳었다. 금방 풀어지긴 하지만, 나는 그 차이를 알 수 있었다. 왜 내가 그렇게 미울까. 장난을 너무 많이 쳐서? 너무 시끄럽게 굴어서? 책 읽는 것을 방해해서? 하지만 그건 다 네 주의를 환기시키려고 한 거야. 좋아하는 사람에게 관심을 얻으려는 순수한 마음에서 나온 거라고. 그러니까 나는 잘못한 것이 없다.

아이는 요리에 소질이 없는 것 같다. 같은 방 아이들—오, 번호순대로 방을 배정해준 담임선생님께 찬사를—에게 라면을 끓여주겠다며 허리에 손을 얹고 자신만만하게 외치던 아이는 잠시 후 멀건 국물의 무언가를 주눅 든 채 보여주었다. 나는 아이들 중 가장 크게 웃었다. 아이의 미간이 일그러지며 눈썹이 여덟 팔(八)자를 그려냈다. 그래도 내가 가장 맛있게, 많이 먹었어. 잘했지? 아이는 친한 친구들에게 물을 조절 못 했고 열심히 설명하느라 내 쪽은 쳐다보지도 않았다. 괜히 옆에 있던 친구에게 뭐가 맛있다고 그렇게 처먹어, 하고 시비를 걸었다.

새벽까지 잠을 이루지 못했다. 유행하는 아이돌 그룹의 춤을 장기자랑으로 선보인 후 무대를 내려오며 멋있었지? 하는 표정으로 아이를 바라봤지만 아이는 그다음 무대에서 가창력을 뽐내는 뮤지컬 배우 지망생에게 빠져 있었고 저녁에 침대에서 잘 사람에 가장 먼저 손을 들고 괜히 아이에게 넌 생각도 마라, 호기를 부렸지만 아이는 의외로 난 바닥에서 잘 거야. 라며 등을 보였다. 눈치도 없이 침대의 옆자리를 차지한 친구의 뒤통수를 한 대후려쳤다.

새벽의 숙소 거실에는 아무도 없었다. 아직 밖은 어둑어둑했고, 텔레비전에서는 주간 음악 차트 순위를 반복해서 내보내고 있었다. 심통이 났다. 나는 이렇게 노력하는데, 왜 나를 싫어하는지 도통 알 수가 없다. 그때 아이가 눈을 비비며 거실로 나왔다.

뭐해.
잠이 안 와서.

소파 옆자리를 툭툭 쳤다. 다행히 아이는 별 말 없이 내 옆에 앉아 주었다. 텔레비전에서 주간 십위 정도를 차지한 여가수의 발라드가 나오고 있었다.

　이거 내가 제일 좋아하는 노래야.

　어.

　긴장한 탓에 말이 짧게 나왔다. 아이를 돌아봤
지만 아이의 눈은 텔레비전에 고정되어 있었다.
좋아하는 노래라더니 작게 미소를 띠고 있는 얼굴
에, 안경이 벗겨진 말간 얼굴에 입술이 바싹바싹
말라왔다. 무슨 말이라도 건네야 하는데, 그냥 지
금 다 말해버릴까. 나, 사실은 너랑 백 년은 넘게
살고 싶다고. 어려서 그냥 하는 말 아니라고. 너는
도서관 사서가 되고 싶다고 했지. 그럼 난 도서관
바로 앞에 네가 좋아하는 카페를 열겠다고. 카페
이름도, 메뉴도 모두 너에게 맞춘, 그런 카페를 운
영하겠다고, 너는 거기서 네가 좋아하는 책을 읽
고, 나는 커피를 만들며 내가 좋아하는 네 옆모습
을 당당하게 구경하겠다고. 네가 되어달라는 것은

무엇이든지 되겠다고. 나는 그런 미래를 꿈꾸고 있다고.

하지만 옆에 앉아 있는 것만으로도 이렇게 굳어버리는걸, 나더러 어떡하란 말인가. 다시 순위가 일 위에서 십 위로 돌아갈 때까지, 아이는 몇 번이나 집중해서 그 노래를 들었다. 무슨 말이라도 쥐어 짜내볼까 하는 순간, 아이가 어깨에 기대어왔다. 반복되는 음악을 듣다가 저도 모르게 잠이 든 모양이다. 온몸이 뻣뻣하게 경직되고 혹시라도 아이가 깰까 봐, 이 시간이 깨어질까 봐 조마조마했지만 이만큼 기쁜 적은 없었다. 곧 텔레비전에서 다시 아이가 좋아하는 노래가 흘러나왔다.

빈, 시간 속에, 널 찾으려, 힘겹게 애를 써도, 난, 헝클어진, 기억에, 서러워지고…

나도 아이의 정수리에 살짝 머리를 기댔다. 이 정도로는 깨지 않을 것이다. 이것이 겁 많은 내가 네게 건넬 수 있는 최대한의 구애다. 동이 트고 있었다. 커튼 사이사이로 은근한 빛이 들어오고 있었다. 아이의 감은 눈에 빛이 닿지 않도록 손을 들어 눈앞을 가려주었다.

잘 자, 유성아.